O SEGREDO DA ALEGRIA

ALICE WALKER

O SEGREDO DA ALEGRIA

Tradução
Marina Vargas

1ª edição

Rio de Janeiro, 2022

POSSESSING THE SECRET OF JOY by Alice Walker. Copyright © 1992 by Alice Walker. Mediante acordo com a autora. Todos os direitos reservados.

Título original: *Possessing the Secret of Joy*

Todos os direitos reservados. Proibida a reprodução, o armazenamento ou a transmissão de partes deste livro, através de quaisquer meios, sem prévia autorização por escrito.

Este livro foi revisado segundo o Acordo Ortográfico da Língua Portuguesa de 1990.

Reservam-se os direitos desta tradução à
EDITORA JOSÉ OLYMPIO LTDA.
Rua Argentina, 171 — 3º andar — São Cristóvão
20921-380 — Rio de Janeiro, RJ
Tel.: (21) 2585-2000.

Seja um leitor preferencial Record.
Cadastre-se em www.record.com.br
e receba informações sobre
nossos lançamentos e nossas promoções.

Atendimento e venda direta ao leitor:
sac@record.com.br

ISBN 978-65-5847-107-3

Impresso no Brasil
2022

CIP-BRASIL. CATALOGAÇÃO NA PUBLICAÇÃO
SINDICATO NACIONAL DOS EDITORES DE LIVROS, RJ

W178s

Walker, Alice, 1944-
O segredo da alegria / Alice Walker ; tradução Marina Vargas. — 1. ed. – Rio de Janeiro : José Olympio, 2022.

Tradução de: Possessing the secret of joy
ISBN 978-65-5847-107-3

1. Romance americano. I. Vargas, Marina. II. Título.

22-79249

CDD: 813
CDU: 82-31(73)

Meri Gleice Rodrigues de Souza – Bibliotecária – CRB-7/6439

*Este livro é dedicado
com ternura e respeito
àquela que não tem culpa:
a vulva.*

Sempre me dei bem com os africanos e gostava de sua companhia, mas comandar os funcionários da fazenda, muitos dos quais tinham nos visto crescer, era diferente. Com a experiência que adquiri em meus safáris, havia começado a compreender o código de "nascimento, cópula e morte" que regia sua existência. Os negros são naturais, possuem o segredo da alegria, o que explica como conseguem suportar o sofrimento e as humilhações que lhes são infligidos. São vigorosos, física e emocionalmente, o que faz com que sejam fáceis de conviver. Mas eu ainda não havia aprendido a lidar com sua astúcia e seu instinto natural de autopreservação.

MIRELLA RICCIARDI, *African Saga*, 1982

As crianças compareceram conosco para uma cerimônia simples em Londres. E foi naquela noite, depois do jantar do casamento, quando nós todos estávamos nos preparando para deitar, que Olivia me contou o que estava perturbando seu irmão. Ele estava sentindo falta da Tashi.

Mas ele também está muito chateado com ela, Olivia falou, porque quando partimos, ela estava planejando marcar o rosto.

Eu não sabia disso. Uma das coisas que nós pensamos que tivéssemos ajudado a parar era a marcação ou o corte tribal nas faces das jovens mulheres.

Essa é a maneira como os Olinka podem mostrar que ainda conservam suas antigas tradições, Olivia falou, mesmo tendo o homem branco tirado quase todo o resto. Tashi não queria isso, mas, para fazer seu povo se sentir melhor, estava resignada. Ela também vai passar pela cerimônia de iniciação feminina, ela falou.

Oh, não, eu falei. Isso é tão perigoso. E se ela se infectar?

Eu sei, Olivia falou. Eu falei para ela que ninguém na Europa ou América corta pedaços do próprio corpo. E, de toda maneira, ela deveria ter feito isso quando tinha onze anos, se fosse mesmo fazer. Ela já está muito velha para isso agora.

Bem, alguns homens são circuncidados, eu falei, mas isso é só a remoção de um pedaço de pele.

Tashi ficou feliz sabendo que a cerimônia de iniciação não era feita na Europa ou na América, Olivia falou. Isso faz a cerimônia ainda mais valiosa para ela.

Eu entendo, falei.

A cor púrpura, *1982**

---

* Tradução de Betúlia Machado, Maria José Silveira e Peg Bodelson. Rio de Janeiro: José Olympio, 2021.

Quando o machado entrou na floresta,
as árvores disseram: o cabo é dos nossos.

Mensagem em adesivo de carro

PARTE I

TASHI

Demorei um longo tempo para perceber que estava morta.

E isso me lembra de uma história: Era uma vez uma bela e jovem pantera que vivia com seu marido e a primeira esposa dele. Seu nome era Lara e ela era infeliz porque o marido e a primeira esposa eram muito apaixonados um pelo outro; se eram amáveis com ela, era apenas para cumprir um dever que a sociedade das panteras lhes impunha. Os dois nem mesmo queriam aceitá-la como uma segunda esposa em seu casamento, já que eram perfeitamente felizes. Mas ela era uma fêmea "extra" no grupo, e isso era inaceitável. Às vezes, o marido farejava seu hálito e outras emanações de seu ventre. Às vezes, até fazia amor com ela. Mas sempre que isso acontecia, a primeira esposa, que se chamava Lala, ficava aborrecida. Ela e o marido, Baba, discutiam, depois brigavam, rosnando, mordendo e açoitando os olhos com o rabo. Mas logo se cansavam e ficavam agarrados nas patas um do outro, se lamentando.

Eu *tenho* que fazer amor com ela, dizia Baba a Lala, a companheira que seu coração havia escolhido. Ela é tão minha esposa quanto você. Não planejei que as coisas fossem assim. Esse foi o arranjo que coube a mim.

Eu sei, meu querido, respondia Lala, em meio às lágrimas. E a dor que sinto é o que coube a mim. Não é justo.

Então os dois se sentavam em uma pedra na floresta, extremamente infelizes. E Lara, a indesejada, àquela altura grávida e doente, ficava desolada. Todos sabiam que não era amada, e nenhuma outra pantera queria compartilhar o marido com ela. Dias se passavam sem que ouvisse nenhuma outra voz além da sua própria voz interior.

Então, começou a escutá-la.

Lara, dizia a voz, sente-se aqui, onde o sol pode beijá-la. E ela obedecia.

Lara, dizia a voz, deite-se aqui, onde a lua pode fazer amor com você a noite toda. E ela obedecia.

Lara, disse a voz uma bela manhã, depois de muitos beijos e noites de amor, sente-se aqui, nesta pedra, e contemple sua bela imagem nas águas calmas do riacho.

Tranquilizada pela voz interior que a guiava, Lara sentou-se na pedra e inclinou-se sobre a água. Contemplou o focinho macio e cor de berinjela, as orelhas delicadas e pontudas, o pelo negro, liso e reluzente. Ela *era* bonita! E era beijada pelo sol e amada pela lua.

Durante todo o dia, Lara ficou contente. Quando a primeira esposa perguntou, temerosa, por que ela estava sorrindo, Lara limitou-se a alargar ainda mais o sorriso. A pobre primeira esposa saiu correndo, trêmula, em busca do marido, Baba, e o arrastou de volta para que ele visse Lara.

Quando viu a sorridente, beijada e amada Lara, Baba mal pôde esperar para colocar as patas nela! Percebeu que ela estava apaixonada por outro, e isso despertou toda a sua paixão.

Enquanto Lala chorava, Baba possuiu Lara, que, por cima do ombro dele, olhava para a lua.

A cada dia que passava, Lara se convencia de que a Lara no riacho · era a única que valia a pena possuir — tão linda, beijada e amada. E sua voz interior lhe assegurava que isso era verdade.

Então, em um dia quente, quando não conseguia mais suportar os gritos e gemidos de Baba e Lala enquanto tentavam arrancar as orelhas um do outro por causa dela, Lara, que a essa altura estava praticamente indiferente a ambos, se inclinou sobre a água e beijou seu reflexo sereno, e continuou a beijá-lo até o fundo do riacho.

OLIVIA

Era assim que Tashi se expressava.

Mesmo quando ainda criança, era essa sua maneira de falar e evitar o assunto. Sua mãe, Catherine, cujo nome tribal era Nafa, costumava mandá-la à aldeia para comprar fósforos, que custavam um centavo cada. Tashi recebia três centavos, dos quais sempre acabava perdendo ao menos um pelo caminho. A história que ela contava sobre a moeda perdida poderia ser mais ou menos assim: ao notar o brilho no copo d'água onde ela havia guardado temporariamente as moedas por segurança e por deleite estético, um pássaro gigante se precipitara do céu em um voo rasante, batendo as asas com tanta força que o copo d'água caíra de sua mão e, quando voltou a olhar, tendo escondido o rosto da criatura por medo do grande bico da criatura e de suas asas estendidas — ah, não! A moeda tinha desaparecido.

A mãe a repreendia, colocava as mãos na cintura, balançava a cabeça, desolada, e soltava um lamento de autocomiseração para os vizinhos por ter uma filha que era uma mentirosa incorrigível.

Tashi e eu tínhamos mais ou menos a mesma idade, seis ou sete anos. Lembro-me como se fosse ontem da primeira vez que a vi. Ela estava chorando, e as lágrimas deixavam um rastro na terra que cobria seu rosto. Pois, ao se reunir para nos receber, nós, os novos missionários, os aldeões haviam levantado uma nuvem de poeira, avermelhada e pegajosa por causa da umidade. Tashi estava de pé atrás de Catherine, sua mãe, uma mulher baixinha e de costas excessivamente arqueadas, com uma expressão inflexível no rosto negro e marcado por rugas, e a princípio apenas a mão dela era visível — uma mãozinha e um bracinho escuros, como os de um macaco, em torno das pernas da mãe, agarrando sua longa saia cor de hibisco. Então, quando nos aproximamos, meu pai, minha mãe, Adam e eu, mais partes dela surgiram enquanto espiava de trás do corpo da mãe para nos observar, espantada.

Nós devíamos ser uma visão e tanto. Tínhamos passado semanas caminhando até chegar à aldeia de Tashi e estávamos cobertos da poeira e dos traumas da viagem. Lembro-me de olhar para meu pai e pensar em como era um milagre termos conseguido de alguma maneira chegar à aldeia dos Olinka sobre a qual ele tanto falara — depois de atravessar matas, pradarias, rios e países inteiros repletos de animais.

Vi que ele também havia reparado na presença de Tashi. Meu pai gostava de crianças e costumava afirmar que não poderia haver uma comunidade feliz enquanto nela houvesse uma criança infeliz. Impossível!, dizia, dando um tapa no joelho para enfatizar suas palavras. Uma criança que chora é uma maçã podre no cesto da tribo! Teria sido difícil ignorar Tashi porque, embora muitos dos rostos que nos cumprimentavam aparentassem tristeza, ela era a única que chorava. Sem, no entanto, emitir um som sequer. Tinha a cabecinha raspada e o rosto marrom estava inchado pelo esforço para conter as emoções e, exceto pelas lágrimas, que eram tão abundantes que escorriam em profusão pelas bochechas, tinha sido bem-sucedida. Seu desempenho era notável.

Ao longo de todo aquele dia dedicado a nos dar boas-vindas, Tashi e a mãe não apareceram mais. Ainda assim, meu pai quis saber delas. Por que a garotinha estava chorando?, perguntou, no olinka rudimentar que havia acabado de aprender. Os anciãos não pareciam compreendê-lo. Ajeitando as vestes, olharam com cordialidade para ele, para nós e uns para os outros antes de responder, procurando por cima das cabeças das pessoas ali reunidas: Que garotinha, pastor? Não há nenhuma garotinha chorando aqui.

E Tashi e a mãe de fato pareciam ter desaparecido para sempre. Ficamos um longo tempo sem vê-las; passaram várias semanas na fazenda de Catherine, que ficava a um dia de caminhada da aldeia. Uma tarde, na hora das vésperas, elas apareceram, ambas usando vestidos novos de tecido xadrez cor-de-rosa típicos das missionárias cristãs — longos, com mangas compridas, colarinho fechado e grandes bolsos floridos —, o rosto marcado pela expressão de perplexidade e cautela instintiva que Catherine demonstrava sempre que encontrava "o Pastor", como todos chamavam meu pai, ou a "Mãe Pastora", como chamavam minha mãe.

Não sabíamos que uma das irmãs de Tashi havia morrido na manhã em que chegamos à aldeia. Seu nome era Dura, e ela havia sangrado até a morte. Isso foi tudo que disseram a Tashi; tudo que ela sabia. De modo que, enquanto brincávamos, se espetasse o dedo em um espinho ou ralasse o joelho e visse o menor vestígio do próprio sangue, ela entrava em pânico, até que, pouco a pouco, passou a brincar sem correr nenhum risco e até aprendeu a costurar de maneira exageradamente cuidadosa, usando dois dedais.

Com o tempo, acabou esquecendo por que a visão do próprio sangue a aterrorizava. E isso se tornou um dos motivos paras as outras crianças implicarem com ela. Uma das coisas que a faziam chorar.

Anos depois, nos Estados Unidos, Tashi começaria a se lembrar do que havia me contado ao longo dos anos, durante nossa infância. Que

Dura era sua irmã favorita. Que era teimosa e barulhenta e gostava tanto de mel no mingau, que às vezes roubava um pouco da porção de Tashi. Que no período que antecedera sua morte, ela estava muito animada. De repente, havia se tornado o centro das atenções e recebia presentes todos os dias. Sobretudo coisas com as quais se enfeitar: miçangas, pulseiras, folhas secas de hena para tingir de vermelho o cabelo e as palmas, mas também um quadro escolar e um lápis esquisito. Retalhos de tecido de cores vibrantes para que fizesse um lenço de cabeça e um vestido. A promessa de sapatos!

TASHI

Havia uma cicatriz no canto de sua boca. Ah, minúscula e apagada, como uma sombra. No formato de uma banana ou de uma meia-lua em miniatura. No formato de uma foice com as pontas voltadas para sua orelha; quando sorria, a pequena sombra parecia recuar para sua bochecha, logo acima de seus dentes, que eram muito brancos. Enquanto ainda engatinhava, ela havia pegado um graveto em brasa que se projetava do fogo e o havia levado à boca.

Isso tinha acontecido muito antes do meu nascimento, mas eu conhecia essa história porque me fora contada muitas vezes: a expressão aturdida de Dura quando o graveto se grudou a seu lábio e como ela, em vez de afastá-lo, havia chorado penosamente, os braços estendidos, esperando que alguém fosse ajudá-la. Não, eles riam ao contar a história, não apenas ajudá-la, mas salvá-la.

E alguém a ajudou?

Atrás de sua mesa, o curandeiro branco rabisca algumas palavras; diante dele há pequenas figuras de pedra e barro representando deuses e deusas africanos do Egito Antigo. Reparei nelas antes de me deitar no divã, que é coberto por um tapete tribal.

Penso e repenso, mas não consigo me lembrar do resto da história. O som das risadas me detém antes que eu consiga chegar à parte em que minha irmã Dura é resgatada. Sei que o graveto, reduzido a cinzas, finalmente caiu, depois de queimar a pele. Mas será que minha mãe ou uma das outras esposas se apressou em tomar a criança chorosa nos braços? Será que meu pai estava por perto? Fico frustrada porque não consigo responder às perguntas do médico. E sinto a presença dele, bem atrás da minha cabeça, a caneta pronta para finalmente registrar no papel a psicose de uma mulher africana para a glória suprema de sua profissão. Foi Olivia quem me trouxe aqui, para que eu me consultasse não com o pai da psicanálise, pois ele morreu, um homem cansado e perseguido. Mas com um de seus filhos, cuja imitação dele — incluindo os cabelos e a barba escuros, as estatuetas egípcias na mesa, o divã coberto de tapete tribal e o charuto, que cheira a amargura — talvez me cure.

OLIVIA

Vocês não podem se esquecer de nós, dizia Tashi. E nós ríamos, porque na América era muito fácil esquecer a África. O que a maioria das pessoas lembrava era estranho, porque, ao contrário de nós dois, nunca tinham estado lá.

ADAM

Talvez seja estranho, mas não me lembro do dia em que fui apresentado à Tashi. As crianças não são exatamente "apresentadas", não é? A menos que seja uma ocasião formal; o que, pensando bem, nossa chegada a Olinka certamente deve ter sido. Quando chegamos, os aldeões sorriam ansiosos para nós, vestidos com suas melhores roupas, coloridas e exíguas. Havia comida cozinhando em panelas e sendo assada em espetos. Serviram-nos até mesmo uma bebida morna com sabor de melão que me fez pensar com nostalgia em limonada. Reparei nos meninos da minha idade, os joelhos ossudos e a cabeça raspada. Sua quase nudez. Reparei nos homens: as marcas tribais parecidas com sementes nas bochechas e os amuletos gordurosos que usavam em volta do pescoço. Reparei na poeira e no calor. Nas moscas. Reparei nos seios longos e achatados das mulheres que trabalhavam de peito nu, com bebês nas costas, enquanto varriam e limpavam a aldeia como se esperassem passar por uma inspeção. Eu era jovem demais para ficar constrangido com sua nudez parcial, então fiquei olhando, boquiaberto, até que Mamãe Nettie me cutucou firmemente nas costas com a ponta da sombrinha.

E agora, quando Olivia diz: Mas você *não* se lembra, Adam, Tashi estava *chorando* quando a conhecemos!, não sei o que dizer. Porque essa não é a garotinha em minhas recordações. A Tashi de quem me lembro estava sempre rindo e inventando histórias, ou saltitando alegremente pela aldeia, indo comprar coisas para a mãe.

Às vezes, acho que Olivia e eu nos lembramos de duas pessoas completamente diferentes, e agora, como já faz muitos anos que Tashi e eu convivemos, acho que minha lembrança dela quando criança com certeza é a mais próxima da verdade. Mas e se não for?

TASHI

As pessoas não paravam de repetir: *Você não deve chorar!*

Essa gente nova vai viver entre nós, e recebê-los às lágrimas pode nos trazer azar. Eles vão pensar que nós batemos em você! Sim, entendemos que sua irmã morreu, mas... agora é hora de botar um sorriso no rosto e dar as boas-vindas aos estrangeiros. Se não se comportar, teremos que pedir à sua mãe que a leve para outro lugar.

Como eu poderia acreditar que aquelas eram as mesmas mulheres que havia conhecido a vida inteira? As mesmas mulheres que conheciam Dura? E que Dura conhecia? Mulheres para quem ela comprava fósforos ou rapé quase todos os dias, para quem carregava jarros de água na cabeça.

Era um pesadelo. De repente, era proibido falar da minha irmã. Ou chorar por ela.

Vamos embora daqui, Mamãe, disse eu, por fim, em desespero. E minha mãe, o rosto severo, tomou minha mão e saiu caminhando comigo em direção à nossa fazenda.

Permanecemos lá por sete semanas; muito depois de terem terminado as colheitas. Havia um garoto que morava nas fazendas e que poderia muito bem ter cuidado dos nossos lotes se tivéssemos decidido voltar para a aldeia. Mas minha mãe e eu ficamos até depois de os amendoins terem sido colhidos e colocados para secar em pequenas choupanas redondas que de longe parecem diminutos chapéus. Em seguida, arrancamos os amendoins de suas hastes amareladas e ressequidas e carregamos montes deles para a aldeia em nossas costas.

Como eu me sentia pequena, em especial agora que Dura não estava mais por perto para que eu me comparasse a ela. Não estava mais lá para me provocar, dizendo que eu tinha crescido talvez o equivalente à espessura de uma moeda, mas ainda não a havia alcançado... E lá estava minha mãe, marchando à minha frente, as costas praticamente dobradas ao meio por causa do peso dos amendoins.

Nunca vi ninguém trabalhar tão duro quanto minha mãe, ou fazer sua parte do trabalho com dignidade mais resignada.

Tashi, dizia ela, apenas o trabalho duro preenche o vazio.

Mas antes eu não a compreendia.

Agora, com o olhar fixo na parte de trás de suas pernas, reparava em como elas às vezes estremeciam sob o esforço de subir uma colina íngreme; pois havia uma sucessão de colinas entre nossa fazenda e a aldeia. Na verdade, a fazenda ficava em um clima completamente diferente: quente e úmido, graças ao rio e ao que restava de floresta, enquanto a aldeia, com poucas árvores, era quente e seca. Observei a casca esbranquiçada dos calcanhares de minha mãe e senti com um aperto em meu coração que o peso da morte de Dura pesava sobre seu espírito como os amendoins que curvavam suas costas. Enquanto ela cambaleava sob seu fardo, eu quase esperava que suas pegadas, nas quais me esforçava para pisar, manchassem meus próprios pés com lágrimas e sangue. Minha mãe nunca chorava, embora, como o restante das mulheres, quando era chamada a saudar em coro o poder do chefe e de seus conselheiros, ela fosse capaz de soltar um grito de louvor doloroso que fazia estremecer até mesmo os céus.

TASHI

As mulheres negras, disse o médico, dentre todas as pessoas, são consideradas as mais difíceis de ser efetivamente analisadas. Você sabe por quê?

Como eu não era uma mulher negra, hesitei antes de responder. Senti-me negada ao me dar conta de que nem mesmo meu psiquiatra era capaz de ver que eu era africana. Ao me dar conta de que, para ele, todas as pessoas pretas eram simplesmente negros.

Já fazia vários meses que me consultava com ele. Alguns dias eu falava; outros não. Havia uma escola do outro lado da rua. Eu ouvia os rumores das crianças brincando e muitas vezes esquecia onde estava, esquecia por que estava ali.

O fato de eu ter apenas um filho o deixara surpreso. Considerava isso incomum para uma mulher de cor, fosse ela casada ou não. Seu povo gosta de ter muitos filhos, dissera ele.

Mas como eu poderia contar para aquele estranho sobre os filhos que havia perdido? E sobre como os perdera? Ficava sem palavras diante de tudo que uma pessoa como ele não poderia saber.

As mulheres negras, disse o médico diante do meu silêncio, não podem ser analisadas efetivamente porque não conseguem culpar a própria mãe.

Culpá-la por quê?, perguntei.

Por qualquer coisa que seja, respondeu ele.

É um pensamento novo. E, surpreendentemente, desencadeia uma espécie de explosão no estofo macio e denso da minha mente.

Mas não digo nada. À minha frente, os calcanhares endurecidos e esbranquiçados avançam com dificuldade pelo caminho. O vestido flutuando acima deles é apenas um trapo, mal pode ser chamado de roupa. A cesta de amendoins pendurada por uma tira que cinge sua testa e deixa um sulco em sua carne. Quando abaixa a cesta, o sulco na testa permanece. Aos domingos, ela usa um lenço na tentativa de escondê-lo. Mulheres africanas como minha mãe dão um significado particularmente duro à expressão "testa sulcada de rugas".

Ainda assim, o cesto em si é lindo e bem-feito, com um padrão vermelho e ocre que ninguém trança com mais perfeição do que ela. Tento me concentrar apenas nisso, mas não consigo.

Não levei sua gravidez a termo, contou-me ela, porque um dia, quando voltava do banho no rio, dei de cara com uma fêmea de leopardo. Ela estava agindo de forma estranha, e veio para cima de mim.

Tento imaginar um leopardo no caminho entre nossa fazenda e a aldeia. Agora há apenas cães-selvagens e chacais, nada tão bonito quanto um leopardo.

M'Lissa foi cuidar de mim.

E meu parto foi fácil?

Mas ela apenas olha por cima da minha cabeça, pela lateral da minha orelha. Claro, murmura. Claro que foi.

Mais tarde, descobrimos que alguém havia abatido a tiros e esfolado seu companheiro e seus filhotes, suspira minha mãe.

E essa foi a história oficial do meu nascimento.

Então minha mente também se descolou de mim mesma e da provação de minha mãe e se aventurou no mundo da fêmea de leopardo. Logo, podia vê-la claramente, lambendo a cria ou acasalando com seu companheiro. Lá, sob a sombra entrecortada das acácias. Então, um estrondo como o de um trovão, e todos aqueles que amava foram abatidos em um instante. E ela, para sua grande vergonha, se viu forçada a fugir, impelida pelo medo, enquanto sentia o cheiro do sangue e diante de seus olhos via os corpos estendidos no chão. Mais tarde, ao voltar, encontraria todos aqueles que amava exatamente como os deixara, mas com os corpos mortos rígidos e esfolados.

Senti o horror no coração da fêmea de leopardo, e a raiva. E agora vejo uma humana grávida no caminho e vou pular no pescoço dela.

As outras crianças costumavam rir de mim. Olhem só para ela!, gritavam. Venham ver como Tashi está no mundo da lua. Olhem como os olhos dela ficam vidrados!

TASHI

Olivia implorou que eu não fosse. Mas ela não entendia.

Havia um pássaro que sempre cantava quando amigos se despediam para sempre, embora os missionários não acreditassem nisso. Chamava-se Ochoma, o pássaro da despedida. Eu o ouvi cantar enquanto Olivia suplicava que eu não fosse. Mas eu era arrogante, e montei no jumento que os Mbele haviam enviado para mim.

Ouvi Olivia tentando controlar a respiração enquanto segurava as rédeas. Ela estava chorando, e havia uma parte de mim que desejava pisoteá-la.

Ela era como um amante.

Me peça o que quiser, e eu farei, disse ela.

Por você, irei a qualquer lugar, disse ela.

Só não faça isso consigo mesma, *por favor*, Tashi.

Os estrangeiros eram muito mais melodramáticos do que os africanos jamais ousariam ser, e isso me enchia de desprezo por eles.

Somos amigas de quase toda a vida. Não faça isso conosco, insistiu ela.

Soluçava como uma criança.

Não faça isso com Adam.

Eu tinha em minha mente uma imagem extravagante e poderosa de mim mesma. Estava montada no jumento como uma chefe tribal, uma guerreira. Nós, que um dia possuímos nossa aldeia e hectares e mais hectares de terras ao redor dela, agora não possuíamos mais nada. Tínhamos sido reduzidos à posição de pedintes — exceto pelo fato de que não havia ninguém a quem recorrer no deserto em que vivíamos.

Eles estão certos, disse eu a ela do alto da minha posição, montada no jumento, quando dizem que você e sua família preparam o terreno para a chegada dos brancos.

Ela parou de chorar, enxugou os olhos com as costas da mão e quase riu.

Tashi, disse ela, você ficou louca?

Eu estava louca. Caso contrário, por que não conseguia encará-la? Olhei de soslaio para a lateral de seu rosto e deixei meus olhos deslizarem sobre o topo de sua cabeça. Seus cabelos espessos estavam divididos em duas tranças que se cruzavam na nuca, do jeito que ela sempre os prendia. Olivia nunca usaria as tranças nagô em leque que eram comuns entre as mulheres Olinka.

Meu peito estava nu. Eu tinha tirado a parte de cima do vestido xadrez de missionária e o resto estava enrolado de maneira displicente sobre meus quadris. Sem rifle nem lança, eu segurava uma longa vara com a qual espetava o chão perto de seus pés.

A única coisa que me importa agora é a luta do meu povo, falei. Você é uma estrangeira. Quanto mais cedo você e sua família voltarem para casa, melhor.

Jesus Cristo, disse ela, exasperada.

Ele também é um estrangeiro, zombei. Finalmente consegui olhá-la nos olhos. Detestava a maneira como seus cabelos estavam penteados.

Quem você e seu povo pensam que são para não nos aceitarem como somos? Para nunca adotarem nenhum dos nossos costumes? Somos sempre nós que temos que mudar.

Cuspi no chão. Era uma demonstração de desprezo que apenas os Olinka muito velhos sabiam usar em sua mais completa expressão.

Olivia, que conhecia o gesto, pareceu murchar no calor sufocante.

Vocês querem nos mudar para nós ficarmos parecidos com vocês, continuei. E com quem *vocês* se parecem? Por acaso sabem?

Cuspi na terra de novo, embora tenha apenas feito o som de uma cusparada; minha boca e minha garganta estavam secas.

Vocês são negros, mas não são como nós. Olhamos para você e seu povo com pena, disse eu. Vocês mal têm a pele negra, estão desbotando.

Eu disse isso porque a pele dela era da cor do mogno, enquanto a minha era da cor do ébano. Em tempos mais felizes, eu pensava apenas em como nossos braços ficavam lindos quando, admirando nossas pulseiras feitas de capim, nós os estendíamos lado a lado.

De repente, ela começou a se afastar do jumento, com uma postura resignada.

Eu ri.

Vocês nem sabem o que perderam! E a audácia de nos trazer um Deus que outra pessoa escolheu para vocês! É a mesma coisa que essas tranças idiotas que você usa e esse vestido longo com esse colarinho fechado idiota neste calor!

Por fim, ela falou.

Vá, disse, erguendo o queixo com tristeza. Eu não sabia que você me odiava.

Ela disse isso com a serenidade dos derrotados.

Cravei os calcanhares nos flancos do jumento e trotamos para fora do acampamento. Passei por crianças barrigudas e com olhos moribundos que as faziam parecer muito sábias. Velhos deitados à sombra das rochas, mal se movendo em suas pilhas de trapos. Mulheres fazendo ensopado com ossos. Tínhamos sido despojados de tudo, exceto de nossa pele negra. Aqui e ali uma face desafiadora exibia a marca de nossa tribo, que definhava. Essas marcas me davam coragem. Eu queria uma marca como aquela para mim.

Meu povo um dia foi inteiro e prenhe de vida.

Dei as costas para minha irmã do coração e me afastei depressa de seu rosto ferido. E me reconheci como a fêmea de leopardo em seu caminho.

TASHI

E os seus sonhos?, me pergunta o médico um dia.

Respondo que não sonho.

Não ouso contar a ele sobre o sonho apavorante que tenho todas as noites.

ADAM

Sua mulher se recusa a falar sobre o que sonha, diz o médico, enigmático. Acima do divã no qual imagino Evelyn deitada, há uma figura azul da deusa Nut. O corpo feminino arqueado representando o céu noturno. Fico sentado, inquieto, as palmas úmidas pousadas sobre as garras nas quais terminam os braços da cadeira, como se fosse um espião sendo interrogado.

Dou de ombros. Definitivamente não posso falar sobre isso.

Mas no mesmo instante sou levado de volta à nossa cama, compartilhando a noite e os terrores que assaltam minha esposa. Ela está sentada, apertando o travesseiro contra o peito. Seus olhos estão arregalados e ela treme de medo.

Há uma torre, diz ela. Acho que é uma torre. É alta, mas estou lá dentro. Nunca sei ao certo como ela é do lado de fora. No início está fresco, mas à medida que você vai descendo para onde estou presa, o lugar vai se tornando úmido e frio também. Está escuro. Ouço um ruído repetitivo e incessante que é como o leve arranhar das unhas de um bebê sobre uma folha de papel. E milhões de coisas se movem e roçam em mim na escuridão. Não consigo vê-las. E quebraram minhas asas! Vejo-as cruzadas num canto, como remos abandonados. Ah, e estão forçando algo em uma das minhas extremidades, e da outra estão ocupados puxando algo para fora. Sou comprida e gorda, da cor da saliva dos mascadores de tabaco. Que nojo! E não consigo me mover!

Eu não sabia que um dia me casaria com Tashi. Durante muitos anos, ela foi como outra irmã para mim; estava sempre na igreja paroquial, brincando com minha irmã, Olivia, e as duas muitas vezes saíam com minha mãe. Eu a provocava de maneira incessante e tentava mandar nela. Mas, como Olivia, ela sempre se mantinha firme. Eu gostava de suas tranças em forma de leque, bem rentes ao couro cabeludo, e de seu jeito vivaz e jovial. Admirava seu autocontrole. E sua paixão por contar histórias.

Nos tornamos amantes em parte porque estávamos muito acostumados um com o outro.

Na sociedade Olinka, o maior de todos os tabus era fazer amor em campos cultivados. Era uma proibição tão veemente que ninguém se lembrava de alguém que a houvesse transgredido. No entanto, nós o fizemos. Ninguém na sociedade dos Olinka imaginava que fôssemos capazes de tal transgressão — fazer amor nos campos prejudicava as colheitas, pois, alegavam eles, se houvesse qualquer fornicação nas plantações, as plantas deixariam de crescer. Nunca fomos flagrados, e a terra seguiu produzindo como antes.

Enquanto o médico espera que eu lhe fale sobre os sonhos de Evelyn, penso em nós dois fazendo amor.

Ela sonha que foi aprisionada e que cortaram suas asas, digo, diante de seu silêncio expectante.

Quem cortaram?, pergunta o médico.

Isso, digo, eu não sei dizer.

Ela era como uma fruta carnuda e suculenta; quando não estava com ela, sonhava com a próxima vez que minha cabeça estaria entre suas pernas, meu rosto acariciado pelo ritmo suave de suas coxas. Minha língua trazendo não bebês, mas um grande prazer para nós dois. Essa forma de amar, entre seu povo, era o maior de todos os tabus.

ADAM

Eu não conseguia suportar a felicidade de meu pai e minha tia, que tinham decidido se casar durante nossa visita a Londres. Tampouco suportava a preocupação de Olivia, que se solidarizava comigo enquanto eu me debatia, sentindo falta de Tashi, embora estivesse furioso com ela. Andava a passos firmes pelas ruas de Londres até meus pés, enfiados em sapatos novos de couro duro, ficarem machucados. Apenas o clima tornava os dias suportáveis. Era primavera, e a beleza da cidade era de tirar o fôlego. Havia lilases por toda parte, e o ar estava tomado pelo som de pássaros cantando.

A Sociedade Missionária havia nos instalado em um espaçoso apartamento perto do St. James's Park, e Olivia e eu passávamos horas debaixo das árvores centenárias. Gostávamos de ficar observando os homens e as mulheres que saíam de suas casas pontualmente às quinze para as quatro, para tomar chá com outras pessoas, e passavam por nós, sussurrando discretamente. Minha janela dava para as árvores, recortadas contra tanto céu que muitas vezes eu acordava pensando que ainda estava na África.

Depois do casamento, tomei o trem e a balsa para Paris, esperando que a mudança de ares me fizesse bem. Havia também uma jovem chamada Lisette que eu desejava reencontrar.

Lisette havia nos visitado em Olinka como parte do grupo de jovens de sua igreja. Recebíamos visitantes com frequência, pessoas vindas de todo o mundo, e tratava-se de algo bastante rotineiro, até previsível e chato, mas ela e eu iniciamos uma conversa animada sobre algumas das experiências de sua família como colonos na Argélia, onde ela tinha vivido a primeira parte da infância, e tivemos a oportunidade de passar várias horas sozinhos na companhia um do outro. Isso foi possível porque, naquela época, eu estava cuidando de um paroquiano idoso que morava nos arredores da aldeia. Ele estava no fim da vida e não havia mais ninguém para alimentá-lo e vesti-lo, então meu pai me designou essa tarefa, na esperança, suponho, de que isso me ensinasse a ser mais humilde. Eu ficava mortalmente entediado e rezava com fervor para que meu paciente soltasse as frágeis amarras que ainda o prendiam à vida e morresse, o que acabou acontecendo.

Era para esse local, a choupana de Torabe, que Lisette me seguia. Ela ficava de pé, os cabelos castanhos e a tez pálida, muito bonita, do jeito espantoso das pessoas brancas, que às vezes parecem estar em uma espécie de desacordo com a paisagem natural do entorno. Enquanto eu o alimentava, o lavava e cuidava de suas feridas — pois fazia muito tempo que ele estava acamado, envolto em trapos —, ela tagarelava alegremente sobre os encantos de Paris. Lisette falava inglês com um sotaque que o embelezava ainda mais.

Eu não conseguia acreditar que a havia encontrado com tanta facilidade. Mas logo estávamos tomando café na aconchegante casinha que ela havia herdado da avó e que ficava perto da estação de trem. Ela me contou sobre sua carreira como professora e, em seu ambiente, era eu que tinha a sensação de estar em desacordo.

Mas você não veio de tão longe para me ouvir falar sobre meus alunos franceses do ensino médio, disse ela, passando-me uma delicada fatia de bolo.

Você me parece perturbado, não? Mas para que serve?

Foi um ligeiro e encantador deslize de linguagem, e me fez rir. Era exatamente como eu me sentia.

Você mora sozinha aqui, e ninguém a incomoda?, perguntei.

Ela deu de ombros.

Ninguém se importa de você não ser casada e se sustentar sozinha?

Mais non, respondeu ela. As mulheres não são mais propriedades, acrescentou, bufando. Mesmo que só muito recentemente as francesas tenham conseguido o direito ao voto. Agora, continuou, erguendo as sobrancelhas com desdém, temos o direito de votar em qualquer homem que quisermos.

Eu abri um sorriso melancólico.

Na verdade, queria muito perguntar a ela sobre sua vida sexual. Quando, se e com quem ela fazia amor. Como se sentia quando fazia amor. Se conhecia e praticava as várias maneiras de fazer amor sem engravidar.

Em vez disso, perguntei sobre sua igreja. Se ela ainda era um membro atuante. Se sua paróquia ainda mandava grupos de jovens para a África.

Bem, para falar a verdade, respondeu ela, perdi a fé. Eu olho para minha religião e não me encontro em nenhum lugar dela. Quando era mais nova, achava que o papel da igreja era ajudar as pessoas a expandir seu espírito, mas, honestamente, as pessoas por aqui parecem mais mesquinhas do que nunca.

Ela se interrompeu de repente.

É melhor eu nem começar. O que aconteceu foi que não consegui conciliar a palavra "obediência" que a noiva diz no casamento na igreja com nenhum tipo de realização espiritual ou física para mim mesma. Eu me sentia enganada por essa palavra.

Pensei em meu pai e em Mamãe Nettie. Será que "obedecer" tinha sido uma palavra usada na cerimônia de casamento deles? E será que Mamãe Nettie ia "obedecer" a meu pai? Eu os conhecia bem o suficiente para saber que se esforçariam para agradar um ao outro; já faziam isso. Nem ele nem ela teriam a última palavra. Mas, então, por que essa palavra existia em uma cerimônia entre duas pessoas que se amavam e viviam em pé de igualdade? Bem, obviamente porque não se considerava que a mulher, de quem se exigia obediência, estivesse em pé de igualdade com o homem.

Pensei em Tashi. Toda vez que tínhamos feito amor, ela havia me desejado tanto quanto eu a desejara. Era ela quem planejava a maioria dos nossos encontros. Sempre que estávamos nos braços um do outro, o êxtase a deixava sem fôlego. Certa vez, ela disse que seu coração quase havia parado de bater. Era difícil acreditar em um prazer como o que dávamos um ao outro. Será que as outras pessoas experimentavam esse mesmo prazer?, nos perguntávamos com frequência. O rosto dos mais velhos em nossa aldeia não dava nenhuma mostra disso.

PARTE II

TASHI

Vocês vão suportar ouvir sobre o que eu perdi?, grito para os juízes, com suas perucas brancas estúpidas. E para ambos os advogados, meu advogado de defesa e o promotor designado para me processar. Dois homens africanos jovens e elegantes que não pareceriam deslocados em Londres, Paris ou Nova York. Grito para os curiosos que encaram meu julgamento como uma fonte de entretenimento. Mas, acima de tudo, grito para minha família: Adam, Olivia, Benny.

Ninguém responde a minha pergunta. O promotor reprime um sorriso porque perdi o controle. Os juízes batem com os lápis nas bandejas de chá.

Então, na manhã do dia 12 de outubro passado você não fez questão de comprar várias navalhas na loja perto da rodoviária de Ombere?

Era uma vez um homem de barba muito comprida e espessa..., comecei sem pensar. E parei apenas quando me dei conta de que o tribunal tinha explodido em gargalhadas. Até Olivia, quando olhei de soslaio para ela, estava rindo. Ah, Tashi, seu olhar parecia dizer, até mesmo aqui, em um tribunal onde sua vida está em jogo, você continua contando histórias!

Poderia fazer a gentileza de responder à pergunta, diz o jovem e elegante advogado, e não tentar agradar ou distrair a corte com seu mundo de fantasia?

Meu mundo de fantasia. Sem ele, tenho medo de existir. Quem sou eu, Tashi, rebatizada de "Evelyn" Johnson na América?

Sempre associei a navalha aos homens, a barbas e cadeiras de barbeiro. Até ir para a América, nunca teria me ocorrido usar uma para raspar minhas pernas e axilas.

Sim, digo ao promotor, comprei três navalhas.

Por que três?, pergunta ele.

Porque eu queria ter certeza.

Certeza de quê?

De que faria o trabalho corretamente.

Você quer dizer matar a velha?

Sim.

Isso é tudo, Meritíssimos, diz ele.

Naquela noite, em minha cela, de repente me lembrei da grande navalha que tinha visto na casa do velho em Bollingen, quando estive lá com Adam. Era realmente enorme, como se tivesse pertencido a um gigante. Pensei: como o rosto de um homem pode ser tão grande; seria quase como se barbear com um machado. Estava do lado de fora, na lógia, perto da lareira, e o velho a usava, junto com um grande facão, para cortar lascas de madeira para acender o fogo. A navalha era preta e muito antiga, com dragões chineses gravados em bronze esverdeado nas laterais. A lâmina era extremamente afiada. Eu não conseguia tirar os olhos dela. O velho, ao perceber meu fascínio, colocou-a com cuidado em minhas mãos, fechando meus dedos sobre ela de forma protetora. É mesmo linda, não é?, perguntou ele, mas tive a impressão de que me observava segurar o instrumento com um olhar interrogativo.

Com a grande navalha nas mãos, olhei para o lago Zurique, maravilhada que, depois de nossa longa viagem, Adam e eu tivéssemos finalmente chegado lá.

Tínhamos voado primeiro para Londres, onde Olivia faria uma palestra na Sociedade de Teosofia, depois para Paris e em seguida para Zurique, uma cidade incrivelmente limpa e sonolenta. Na verdade, da janela do avião, toda a Suíça parecia dormir pacificamente. Tudo muito limpo e organizado, *seguro*. Antes mesmo de pisarmos lá, havia um ar de frugalidade e boa administração. Pude ver que as florestas eram cuidadosamente preservadas: onde árvores eram derrubadas, mudas eram plantadas no lugar. Parecia um país em miniatura, onde cada pequena falha poderia ser corrigida sem muita dificuldade.

Comentei com Adam como era estranho que as características dominantes daquele povo, facilmente discerníveis, estivessem impressas na paisagem.

Mas isso é verdade em qualquer lugar, disse ele. Alguns povos, aonde quer que vão, destroem a terra, disse ele. Mas esta é a terra de um povo que nunca foi a lugar nenhum. As montanhas, disse ele, apontando para os magníficos Alpes, formam uma barreira maravilhosa.

Estávamos circundando o aeroporto, que ficava no meio de um campo. Podíamos distinguir vacas e, à medida que nos aproximávamos do chão, trevos brancos e flores silvestres amarelas.

De lá, saía um trem para Bollingen, e nós o pegamos. O trem avançava silenciosamente pelos trilhos, o condutor um sujeito jovial e de rosto corado, com cabelos louros grisalhos. Pela janela, víamos as casas em estilo chalé, hectares e mais hectares de vinhas, as familiares plantações de milho. E jardins por toda parte.

Eu nunca havia imaginado uma Suíça quente. Na minha imaginação, lá estava sempre nevando. As pessoas andavam em esquis. O chão era branco. Havia chocolate quente. O calor intenso do sol, as pessoas usando roupas de cores claras, um vendedor de sorvete em uma das estações, tudo isso me divertia. Era como se meu eu infantil, que tanto adorava imaginar as paisagens nevadas do norte, sobretudo enquanto crescia na África equatorial, estivesse ganhando um presente.

Conforme o trem se aproximava da estação, Adam começou a ficar inquieto. Partidas e chegadas sempre o perturbavam. Lembrei-me de quando chegamos à América. Sua alegria por estar, finalmente, em casa, "seguro". E o choque por ser constantemente assediado por ser negro.

Não, não, ele costumava me corrigir. Eles se comportam assim não porque eu sou negro, mas porque eles são brancos.

Na época, tive dificuldade de entender essa distinção. Eu estava apaixonada pela América. Não achava os americanos particularmente rudes. Mas não havia mergulhado na história que o pai de Adam insistira que ele e Olivia estudassem como preparação para seu retorno ao país. Tinha a sensação de que via tudo de uma forma muito mais aberta. Pois encarava tudo como algo novo, maravilhada por estar ali. Se uma pessoa branca era rude, eu apenas me virava e a encarava. Nunca reconheci o sistema que sancionava a grosseria e sempre respondia diretamente à pessoa. Que criação pouco civilizada você teve!, era a mensagem em meu olhar.

Estávamos tão ansiosos para chegar ao fim de nossa longa viagem que, distraídos, perdemos a estação e tivemos de seguir até a seguinte, Schmerikon, um charmoso vilarejo à margem do lago. Frustrados e com calor, descemos do trem e fomos até um pequeno café perto da estação. Adam pediu um sanduíche — pois não tínhamos comido nada o dia todo —, e eu pedi pão com queijo, salada verde e limonada.

Ficamos sentados ali, à sombra de uma tília, dois negros velhos, rechonchudos e de cabelos grisalhos, o rosto brilhando de suor. Poderíamos ser modelos de uma pintura de Horace Pippin.

ADAM

A primeira coisa que notei foi seu olhar vazio. Isso me assustou.

Assim que voltamos da Inglaterra, com minha tia e meu pai devidamente casados, saí pelo país em busca de Tashi. Foi uma longa viagem, que levou meses, porque na maioria das vezes me deslocava a pé e não fazia ideia de para onde estava indo. Durante o último mês, me vi seguindo uma trilha marcada por galhos cruzados e estranhos padrões de pedras empilhadas perto de poços de água. Então, quando finalmente arrastei meu corpo maltrapilho e exausto até o acampamento Mbele, fui capturado pelos guerreiros que montavam guarda e levado para um complexo isolado para ser interrogado.

Inocente como era, a possibilidade de ser feito prisioneiro pelos que lutavam pela libertação da África não havia me ocorrido. Também achava que os Mbele, se existissem, falariam o idioma dos Olinka, ou pelo menos suaíli, que eu conhecia pouquíssimo. Mas não, aqueles combatentes tinham obviamente vindo de diferentes partes da África.

Havia até mesmo, eu saberia mais tarde, uma mulher e um homem europeus e vários negros americanos de ambos os sexos no acampamento. Como os responsáveis por me interrogar não falavam nem o idioma dos Olinka nem inglês, levei um longo tempo, talvez uma semana, para fazê-los compreender que não queria lhes fazer mal, que estava apenas procurando uma pessoa. Mesmo depois de uma semana nos comunicando por meio de sinais e desenhando figuras no chão, percebi que eles não estavam convencidos. Para começar, desconfiavam dos meus sapatos, um par de sandálias inglesas robustas trazido de Londres. E é claro que meu relógio de pulso, com sua pulseira dourada elástica, era o tipo de item de luxo pelo qual, em sua opinião e experiência, apenas uma pessoa branca poderia pagar. Propus dar a eles o relógio e os sapatos em troca da minha liberdade, mas logo ficou claro que, se decidissem que eu era de fato inofensivo, ou seja, que não era um espião, eles planejavam me recrutar para seu exército. Quando me dei conta disso, fiquei um pouco mais tranquilo. Pois descobri que, cara a cara, aqueles homens negros e frios me instilavam o medo mais covarde. Eles pensavam apenas em "negócios". Não faziam brincadeiras entre si nem sorriam. Eu nunca tinha visto negros como meus captores antes.

Um dia, enquanto falava sem parar no idioma dos Olinka, vi um lampejo nos olhos de um deles. Acho que foi a palavra para água que o provocou. Em Olinka, a palavra para água é *barash*, e eu não parava de pedir-lhes água. Fazia calor onde estávamos, um desfiladeiro cercado por enormes penhascos rochosos que absorviam o sol escaldante o dia todo. Eu tinha a sensação de que ia morrer de sede. Sabia que levar a pesada jarra para minha choupana os desagradava. Em parte porque era pesada e era preciso carregá-la por um bom pedaço desde o rio, mas também porque carregar água não era um tarefa de homens, e sim um trabalho tradicionalmente reservado às mulheres. No entanto, como eu era um prisioneiro, e interrogar um prisioneiro no mais estrito sigilo era tarefa de homens, levar água também havia se tornado, necessariamente, um trabalho que cabia a eles.

Pouco depois que vi o brilho nos olhos do guarda, um jovem Olinka foi levado para falar comigo. Disse que seu nome era Banse, e depois que conversamos um pouco me lembrei vagamente dele. Na verdade, era de seus pais que me lembrava, pois eram cristãos fervorosos e apoiadores de meu pai e da igreja. Quando vi Banse pela última vez, ele era um garotinho. Continuava a ser muito jovem, devia ter cerca de quinze anos, com a testa alta e quadrada e olhos cautelosos e velados. Disse que no acampamento havia muitos Olinka, tanto mulheres quanto homens. E é claro que Tashi estava entre eles, mas acreditava que ela estivesse doente.

Ao ouvir isso, foi difícil me conter. Cerrei os dentes com o esforço. Já bastava que ela estivesse viva, pensei. Depois da extenuante jornada, que eu temia nunca completar, era quase impossível acreditar que Tashi, montada em seu jumento e caminhando, também tivesse sobrevivido.

Quando Banse atestou minha inocência, o comportamento dos guardas mudou de imediato. Sua postura rígida e excessivamente militar, que eles pareciam ter aprendido com o próprio Hitler, se dissolveu no passo gracioso do africano comum, que não tem nenhuma pressa. Eles sorriam e contavam piadas. Ofereciam-me chá.

O chá, explicaram, vinha dos europeus do acampamento, um dos quais era filho do dono de uma extensa plantação que havia desalojado cerca de mil africanos nômades. Bob, o filho, havia crescido na fazenda até os dez anos, quando foi enviado para um internato na Inglaterra. Os únicos negros que vira em sua casa eram os criados.

Isso foi tudo o que fiquei sabendo a respeito de Bob, o fornecedor de chá. Achei estranho que ele soubesse exatamente onde eles estavam e tivesse acesso a seu esconderijo. Mais tarde descobri que ele tinha sua própria choupana no acampamento e que passava a maior parte do tempo lá.

Bom chá!, diziam meus captores, rindo e adoçando-o generosamente com açúcar, depois brindando comigo com as xícaras cheias até a borda.

O acampamento Mbele era projetado como uma aldeia africana, só que consideravelmente mais disperso e camuflado. Não havia nenhuma choupana a céu aberto, todas ficavam aninhadas ao pé de grandes árvores ou de rochas altas. Os currais dos animais também ficavam junto à base dos penhascos, e todo o conjunto lembrava muito os antigos assentamentos dos Dogon nas escarpas, que eu tinha visto em fotografias. Se alguém estivesse em um avião, olhando lá de cima, nada, exceto talvez um fio de fumaça, teria indicado a presença humana.

Encontrei Tashi em um caramanchão rústico feito de galhos, deitada em uma esteira feita com a grama que crescia ao redor do acampamento. Enquanto estava ali, a cabeça e os ombros apoiados em uma pedra que parecia um pequeno animal, se ocupava de produzir mais esteiras. Eu não sabia dizer se ela estava feliz em me ver. Seus olhos já não brilhavam de antecipação. Estavam tão opacos como se tivessem sido pintados com tinta fosca. Havia cinco pequenos cortes em cada lado de seu rosto, como os traços que se faz para contar o placar em uma partida de jogo da velha. As pernas, esbranquiçadas e emaciadas, estavam amarradas.

Suas primeiras palavras para mim foram: Você não deveria estar aqui.

Minhas primeiras palavras para ela foram: Onde mais eu deveria estar?

Minha resposta pareceu deixá-la sem palavras. Enquanto Tashi lutava para evitar que o rosto traísse sua dor, rastejei de joelhos até onde ela estava e tomei-a em meus braços com um suspiro.

TASHI

Ele veio por mim, pensei. Ele finalmente veio, só Deus sabe como. Está maltrapilho e sujo e com os cabelos de um selvagem, ou de um louco isolado no mato. Mas está aqui. E posso ver enquanto olha para mim que não sabe se ri ou se chora. Eu sinto o mesmo. Meus olhos o veem, mas não registram sua presença. Nada sai dos meus olhos para cumprimentá-lo. É como se eu estivesse trancada atrás de uma porta de ferro.

Sou como uma galinha que vai ser vendida no mercado. Os cortes em meu rosto estão quase cicatrizados, mas ainda preciso me abanar para espantar as moscas. Moscas que são atraídas pelo cheiro do meu sangue, ávidas para se deleitar no banquete proporcionado pelas minhas feridas.

PARTE III

EVELYN

Sua dor é a do carpinteiro descuidado que bate no próprio polegar com o martelo, diz o Velho.

Ele não exerce mais sua profissão de médico da alma. Está me atendendo apenas porque sou uma mulher africana e meu caso foi recomendado a ele por sua sobrinha e também amiga e amante do meu marido, a francesa Lisette. É difícil para mim imaginar as conversas que Adam e Lisette devem ter tido a meu respeito ao longo dos anos, nas visitas semestrais que ele faz a Paris e na visita anual dela à Califórnia. Muitas vezes, quando ela chega, preciso me manter à base de calmantes. Em algumas ocasiões, me internei voluntariamente no Hospital Psiquiátrico Waverly, no qual, por ser administrado por um homem que frequenta a paróquia de Adam, sempre consigo um quarto.

Gostei do Velho de imediato. Gostava de sua altura e das costas ligeiramente curvadas; do sempre presente paletó de *tweed* pendendo de seus ombros muito magros. Gostava de seu rosto rosado e dos pequenos olhos azuis que nos olhavam de maneira tão penetrante que era difícil não virar a cabeça para tentar ver o que ele estava enxergando através de nós. Gostava até mesmo de que ele próprio às vezes tivesse um olhar de loucura igual ao meu — embora fosse um olhar benigno que parecia enxergar uma conexão entre o que quer que observasse e um propósito grandioso, inimaginavelmente vasto, muito além da compreensão humana. Em outras palavras, ele parecia alguém que em breve iria morrer. Eu achava isso reconfortante.

ADAM

A princípio, ela apenas mencionou a estranha compulsão que às vezes experimentava de querer se mutilar. Então, certa manhã, acordei e encontrei o pé de nossa cama coberto de sangue. Sem ter nenhuma consciência do que estava fazendo, disse ela, e sem sentir nada, havia talhado nos próprios tornozelos anéis, pulseiras ensanguentadas, ou correntes.

EVELYN

Eu não o temia, em parte porque não temia sua casa. Embora o aspecto exterior fosse europeu medieval, particularmente por causa dos torreões e do pequeno pátio interior de ardósia, havia no centro uma pequena choupana de pedra redonda com um grande fogão a lenha. Ele se ajoelhava ali, as velhas juntas estalando, para acender, de manhã e à tarde, o fogo sobre o qual cozinhava; e às vezes me lembrava uma velha avó africana, de alguma forma metamorfoseada em um grande curandeiro de rosto rosado naquele outro continente mais frio. Quase sempre usava algum tipo de avental. De couro, quando cortava madeira ou esculpia os pilares de pedra que ficavam perto do lago em frente à lógia, ou de algodão grosso, quando cozinhava as maravilhosas panquecas e salsichas suíças que adorava nos servir.

Seu cabelo era pálido e fino como a penugem dos cardos. Às vezes, mais para o fim de nossa visita, eu me aproximava por trás dele — enquanto estava sentado com Adam, fumando e contemplando o lago ao longe — e soprava seus cabelos. Ele então estendia as mãos para trás, agarrava meus dois braços, me puxava para a frente contra suas costas e seus ombros largos, me abraçava a ele com minha cabeça como uma lua acima da sua, e ria.

Costumávamos dizer a ele, Adam e eu: *Mzee* (Velho), você é nossa última esperança!

Mas ele apenas nos encarava, um depois o outro — um olhar grave —, e em seu inglês com forte sotaque dizia: Não, isso não é verdade. Vocês são sua última esperança.

EVELYN

Ele me colocou para desenhar. A primeira coisa que desenhei foi o encontro de minha mãe com a fêmea de leopardo em seu caminho. Pois isso, afinal, representava meu nascimento. Meu primeiro contato com a realidade. Mas desenhei, depois pintei, uma fêmea de leopardo com duas patas. Minha mãe, aterrorizada, com quatro.

Por quê?, perguntou o Velho.

Eu não sabia.

EVELYN

Benny me diz que há muita discussão, nos jornais e nas ruas, sobre se o governo de Olinka tem o direito de me levar a julgamento, já que sou cidadã americana há anos. Ele acha que existe a possibilidade de eu ser extraditada de volta para os Estados Unidos. Fica sentado, tenso, lendo para mim as anotações que fez sobre o assunto.

Às vezes, sonho com os Estados Unidos. Para grande desgosto de algumas pessoas que conheço, amo profundamente esse país e sinto muita saudade de lá. Em todos os meus sonhos, corre um rio de águas límpidas e há árvores verdejantes e frondosas; onde há ruas, elas são avenidas largas e pavimentadas, e na noite dos meus sonhos, há janelas iluminadas lá no alto, bem acima da rua; e por trás dessas janelas, sei que há pessoas aquecidas e muito limpas comendo carne. Seguras. Aqui, acordo com o cheiro pegajoso do medo e com o tradicional café da manhã composto de mingau e frutas, que não mudou desde que fui embora. Mas minhas refeições são frescas e saborosas graças a Olivia, que, por meio de suborno, conseguiu entrar na cozinha da prisão.

E se eu for extraditada para a América, serei submetida a um segundo julgamento?, pergunto.

Benny diz que não sabe ao certo; consulta suas anotações, mas acha que sim. Ele é alto e desengonçado, geralmente, de um marrom radiante. No momento, o medo o deixou opaco.

Não quero ter de passar por tudo isso outra vez na América.

O crime que dizem que cometi não faria sentido na América. Mal faz sentido aqui.

EVELYN-TASHI

O obstetra quebrou dois instrumentos na tentativa de fazer uma abertura grande o suficiente para a cabeça de Benny. Então, usou um bisturi. Em seguida, uma tesoura normalmente usada para separar cartilagem de osso. Tudo isso ele me contou quando acordei, ainda com uma expressão de pavor no rosto. Uma expressão que tentou camuflar com uma piada.

Como aquele bebê enorme (Benny pesava quatro quilos) foi parar na sua barriga, Sra. Johnson? É o que eu gostaria de saber. Ele riu, como se nunca tivesse ouvido falar da mobilidade agressiva do esperma. Tentei dar um sorriso que era incapaz de sentir, primeiro na direção dele, depois na direção do bebê em meus braços. Sua cabeça era amarela e azul e completamente deformada. Eu não tinha ideia de como moldá-la corretamente, mas esperava que, depois que o médico fosse embora, o instinto me ensinasse. Tampouco cogitava pedir a ele qualquer orientação.

Adam estava de pé ao lado da cama, envergonhado demais para falar. Sempre que ficava envergonhado ou nervoso, ele tossia; agora, pigarreava sem parar. Com meu braço livre, estendi a mão para ele, que se aproximou, mas não me tocou; o som em sua garganta fez a minha se apertar. Depois de um momento, recolhi minha mão de volta.

TASHI-EVELYN

Tive a sensação de ouvir o som alto de algo se espatifando contra o chão duro entre mim e Adam e nosso bebê e o médico. Mas houve apenas um silêncio retumbante. Que, depois de um momento, lembrou estranhamente gritos de macacos.

TASHI-EVELYN

Então era assim que uma concepção imaculada podia acontecer, disse ele com amargura, quando lhe contei que estava grávida; e ele quis dizer isso literalmente, estudioso da Bíblia que era. Depois de três meses de tentativas, Adam não conseguira me penetrar. Toda vez que me tocava, eu sangrava. Toda vez que se movia em minha direção, eu estremecia. Não havia nada que ele pudesse fazer comigo que não machucasse. Ainda assim, de alguma forma, engravidei de Benny. Depois de experimentar a dor de colocar Benny "lá dentro", ficamos aterrorizados diante da perspectiva de seu nascimento.

Por mais indisposta que tenha ficado durante a gravidez, cuidei de mim mesma. Não suportava a ideia das enfermeiras americanas de passos rápidos olhando para mim como se eu fosse uma criatura além de sua imaginação. No fim das contas, no entanto, eu era essa criatura. Pois, mesmo enquanto dava à luz, um bando de enfermeiras, funcionários curiosos do hospital e estudantes de medicina se reuniu em volta da minha cama. Durante dias, médicos e enfermeiras de toda a cidade e, pelo que sei, de todo o estado vinham espiar por cima do ombro do meu médico enquanto ele me examinava. Havia também a questão do que fazer com "o buraco", como o ouvi dizer, sem nenhuma tentativa de recorrer a eufemismos por minha causa.

Por fim, Adam acabou com o espetáculo que meu corpo havia se tornado e nos últimos três dias no hospital segurei Benny nos braços enquanto, gentil e disfarçadamente, alisava sua cabeça para que adquirisse contornos mais normais (um trabalho que instintivamente senti que deveria ser feito com a língua); ou, quando a enfermeira o levava embora, eu virava o rosto para a parede e dormia. Dormia tanto, um sono tão pesado, que ela precisava me sacudir toda vez que era hora da mamada.

Meu médico me costurou de novo, mais ou menos da mesma maneira que havia sido costurada originalmente, porque, caso contrário, eu ficaria com uma ferida que nunca ia cicatrizar. Mas fez isso de tal forma que agora havia espaço para que a urina e o sangue menstrual passassem com mais facilidade. O médico também disse que agora, depois do parto, eu poderia ter relações sexuais com meu marido.

Benny, meu bebê marrom radiante, a cara de Adam, era retardado. Alguma parte pequena mas vital de seu cérebro fora danificada durante nosso ordálio. Mas, felizmente, durante o período que passei no hospital, e mesmo por anos depois, não me dei conta disso.

ADAM

Eles haviam cavado um pequeno buraco na terra abaixo dela, e aquela era sua latrina pessoal.

Tashi estava gemendo quando cheguei, e havia apenas uma velha de Olinka chamada M'Lissa para ajudá-la, além das moscas e um odor leve, mas inconfundível.

M'Lissa resmungou sobre a falta de tudo. Antigamente, disse ela, não faltaria nada a Tashi. Teria havido uma dúzia de meninas virgens iniciadas com ela, e as mães, tias e irmãs mais velhas teriam se encarregado de cozinhar (o que era importante porque havia comidas especiais que se comiam naquele período que mantinham as fezes moles, atenuando assim parte da dor da evacuação), de limpar a casa, lavar, lubrificar e perfumar o corpo de Tashi.

Eu nunca tinha falado com M'Lissa além de dizer olá. Sabia por Tashi que fora ela quem a trouxera ao mundo. Sabia que, entre os Olinka, era uma parteira e curandeira respeitada, embora aqueles que se converteram ao cristianismo e passaram a recorrer à medicina ocidental a evitassem. Fiquei surpreso ao vê-la no acampamento Mbele. Mais porque era velha e manca do que por qualquer outra razão mais ideológica. Como ela conseguira, arrastando o pé coxo, vestindo trapos, chegar tão longe de casa?

Ela só teve tempo de falar comigo no fim da tarde, quando chegou, sem fôlego, depois de passar o dia todo cuidando de outras pessoas no acampamento, para trocar Tashi de posição e lavar e lubrificar sua ferida, a que invariavelmente se referia não como uma ferida, mas como uma cura. Contou-me que a princípio estivera em um campo de refugiados do outro lado da fronteira de Olinka; um lugar horrível, cheio de Olinka moribundos que tinham fugido da luta entre os rebeldes Mbele e os soldados do governo branco, em sua maioria pertencentes a tribos minoritárias negras que odiavam os Olinka dominantes. Eles mostraram uma crueldade que ela jamais havia visto, especializando-se em cortar os membros de seus prisioneiros. No acampamento, ela era requisitada, embora não tivesse nada além das mãos com que trabalhar. Não havia ervas, óleos, antissépticos, às vezes nem mesmo água. Havia trazido crianças ao mundo no escuro, colocado ossos no lugar e usado pedras para alisar a cartilagem saliente de membros amputados. Não havia nada para ajudá-la além da resistência infindável de seus pacientes. Foi no campo de refugiados, disse, que seu cabelo ficou completamente branco e onde, por fim, ela o perdeu por completo. Agora, continuou, passando a mão nodosa de um lado para o outro da cabeça com um ar zombeteiro, estou careca como um ovo.

As outras mulheres do acampamento, segundo M'Lissa, tinham todas passado pela cerimônia na idade apropriada. Ou logo após o nascimento, ou aos cinco ou seis anos de idade, no mais tardar no início da puberdade, aos dez ou onze anos. Ela havia argumentado com Catherine, a mãe de Tashi, para que fizesse a operação na filha enquanto ela ainda estivesse em uma idade adequada. Mas, como havia se tornado cristã, Catherine não lhe dera ouvidos. Agora, disse M'Lissa, com uma careta de justificativa, tinha sido a filha adulta quem a procurara, querendo se submeter à operação porque a reconhecia como o único traço definitivo da tradição Olinka que ainda restava. E, claro, dessa forma, acrescentou ela, Tashi não carregaria a vergonha de ser solteira.

Eu queria me casar com ela, falei.

Você é um estrangeiro, disse ela, me dispensando.

Eu ainda quero me casar com ela, insisti, pegando a mão de Tashi.

M'Lissa parecia confusa. Nada em sua experiência a havia preparado para uma possibilidade como essa.

Nunca vi as outras mulheres do acampamento. M'Lissa nos disse que todas estavam em missões de libertação. Tashi disse que achava que era tarefa das mulheres buscar comida e realizar ataques surpresa contra as plantações, a maioria das quais agora estava nas mãos de africanos leais ao governo. Um dos principais propósitos desses ataques era recrutar novos guerreiros para engrossar as fileiras dos rebeldes Mbele.

A operação à qual havia se submetido a unia, ela sentia, àquelas mulheres, que imaginava serem fortes, invencíveis. Completamente mulheres. Completamente africanas. Completamente Olinka. Em sua imaginação, durante a longa jornada até o acampamento, elas pareciam terrivelmente corajosas, terrivelmente revolucionárias e livres. Imaginava-as saltando para o ataque. Foi só quando M'Lissa finalmente lhe disse, depois de desamarrar suas pernas, que ela poderia se sentar e dar alguns passos, que Tashi percebeu que seu próprio andar orgulhoso havia se tornado um arrastar de pés.

Ela agora demorava um quarto de hora para fazer xixi. Sua menstruação durava dez dias. Passava quase metade do mês incapacitada por cólicas. Sentia cólicas pré-menstruais: causadas pela quase impossibilidade de o fluxo menstrual passar por uma abertura tão pequena quanto M'Lissa havia deixado, depois de unir as laterais em carne viva da vagina de Tashi com espinhos e inserir um canudo para que, durante a cicatrização, a carne traumatizada não se colasse, fechando por completo a abertura; cólicas causadas pelo sangue residual que não conseguia sair, não era reabsorvido por seu corpo e não tinha para onde ir. Havia também o odor de sangue azedo que, até chegarmos à América, não importava quanto ela se lavasse, nunca sumia.

OLIVIA

Foi de partir o coração ver, quando eles voltaram, como Tashi havia se tornado apática. Não mais alegre ou travessa. Seus movimentos, que sempre foram graciosos e rápidos como sua personalidade vivaz, agora eram apenas graciosos. Lentos. Estudados. Isso se aplicava até mesmo ao sorriso, que ela nunca parecia oferecer sem pensar primeiro. Era evidente para qualquer um que ousasse olhar em seus olhos que sua alma tinha sofrido um golpe mortal.

Adam a trouxe de volta para casa pouco antes de partirmos para a América. Casou-se com ela em uma cerimônia presidida por nosso pai, mesmo que ela tivesse protestado, insistindo que, na América, ele se envergonharia dela por causa das cicatrizes em seu rosto. Na noite anterior ao casamento, Adam fez as mesmas marcas tribais Olinka em suas próprias bochechas. Seu belo rosto ficou inchado; seu sorriso, por causa da dor, impossível. Ninguém falou da outra, da cicatriz escondida entre as pernas finas de Tashi. A cicatriz que lhe dera o clássico andar da mulher Olinka, em que os pés parecem deslizar para a frente e raramente são tirados do chão. Ninguém mencionou a eternidade que ela levava para usar o banheiro. Ninguém mencionou o cheiro.

Na América, resolvemos o problema de limpar atrás da cicatriz usando uma seringa médica que parecia um conta-gotas, e isso livrou Tashi de um constrangimento tão profundo, pois ela passava metade do mês completamente isolada de qualquer contato humano, praticamente enterrada.

PARTE IV

TASHI

Em dias muito quentes, o Velho nos levava para velejar em seu barco, subindo e descendo e contornando o lago Zurique. Seu rosto corado ansioso por todo aquele sol, suas grandes mãos movendo-se habilmente em uma disputa com a maré e o vento. Sua idade de repente evidenciada apenas pelos cabelos brancos e ralos. Eu ficava abraçada ao mastro, ou então me sentava encolhida no barco e sentia o borrifar refrescante na minha pele.

O Velho e até mesmo Adam pareciam hipnotizados por meu êxtase com a água do lago, que era para mim um pequeno mar. Sentia os olhos deles sobre mim, cheios de aprovação.

Ja, o Velho disse a Adam. Sua esposa está *radiante*.

Ja, pensei comigo mesma. Talvez isso seja um bom sinal.

TASHI-EVELYN

À noite, o Velho colocava música para nós. Música da África, da Índia, de Bali. Ele tinha uma coleção de discos impressionante, que ocupava uma parede inteira de sua casa. Mostrou-nos filmes granulados em preto e branco, gravados em suas viagens. Foi durante a exibição de um desses filmes que algo estranho me aconteceu. Ele estava explicando uma cena na qual havia várias crianças pequenas deitadas em uma fileira no chão. No início, achou que fossem meninos, o que pude ver de imediato que não eram, embora tivessem a cabeça raspada e todas vestissem uma pequena tanga. Presumira, contou ele, que havia interrompido inadvertidamente uma espécie de cerimônia ritual que tinha algo a ver com a preparação daquelas crianças para a vida adulta. Em todo caso, tudo havia parado no momento em que ele e seu grupo entraram no espaço ritual. E o que também foi estranho, disse ele, foi que ninguém disse uma palavra, ninguém se moveu, enquanto ele e seu grupo estavam lá. Eles literalmente congelaram enquanto a câmera percorria a área. As crianças permaneceram no chão em uma peque-na fileira, deitadas de costas, bem juntas umas das outras, os adultos simplesmente pararam no meio da atividade e ficaram sem se mover e, ao que parecia, até mesmo sem ver. Só que — ele riu, reacendendo o cachimbo, que havia se apagado, como acontecia com frequência quan-do falava — havia um grande galo de briga (que agora vimos quando entrou majestosamente no quadro), e ele circulava por toda parte com bastante liberdade, cacarejando com vigor (era um filme mudo, mas era possível perceber com clareza os esforços que fazia), e esse foi o único som e o único movimento enquanto estivemos lá.

O filme continuou, mas de repente senti um medo tão avassalador que desmaiei. Silenciosamente. Deslizei da minha cadeira para o tapete de cores vibrantes que cobria o chão de pedra. Foi exatamente como se eu tivesse sido atingida na cabeça. Exceto pelo fato de que não senti dor.

Quando voltei a mim, estava deitada no quarto de hóspedes, no andar de cima do torreão. Adam e o Velho estavam curvados sobre mim. Não havia nada que eu pudesse dizer a eles; eu não poderia dizer: a imagem de um galo de briga, filmada vinte e cinco anos antes, me deixou aterrorizada. Então ri da minha condição e disse que tinha sido causada por excesso de felicidade, por ter velejado em grandes altitudes.

O Velho parecia cético e não demonstrou surpresa quando, na tarde do dia seguinte, comecei a pintar o que se tornou uma série bastante extensa de galos de briga cada vez maiores e mais temíveis.

E então um dia, no canto da minha pintura, desenhei um pé. Suan-do e tremendo enquanto trabalhava, porque de repente percebi que havia alguma coisa, alguma coisinha que o pé estava segurando entre os dedos. Era por essa coisinha que o galo gigante esperava enquanto cacarejava impaciente, esticando o pescoço, arrepiando as penas e se pavoneando.

Não há palavras para descrever quão miserável eu me sentia enquan-to pintava. O quão nauseada ficava enquanto o galo crescia cada vez mais, e o pé descalço com sua guloseima insignificante se aproximava firmemente do que eu achava que seria a crise, o momento insuportável, para mim. Pois, enquanto pintava, transpirando, tremendo e gemendo baixinho, sentia que cada parte do meu corpo, cada circuito de conexão do meu cérebro, estava fazendo um esforço para se desligar. Era como se a metade maior do meu ser estivesse tentando matar a metade menor, e, enquanto pintava — agora diretamente na parede do quarto, porque só ali eu poderia pintar o galo tão grande como agora parecia ser: ele fazia eu me sentir minúscula —, eu arrastava o pincel para colorir cada magnífica pena verde iridescente, cada sinistra mancha dourada em seu olho colossal, vermelho e ameaçador.

O pé também cresceu. Mas nem de longe tanto quanto o galo.

Quando olhou para ele, o Velho disse: Afinal, Evelyn, é um pé de homem ou um pé de mulher?

A pergunta me desnorteou de tal maneira que não consegui responder, apenas segurei a cabeça entre as mãos na pose clássica dos profundamente loucos.

O pé de um homem? O pé de uma mulher?

Como eu ia saber?

Mas então mais tarde, no meio da noite, me vi pintando um padrão chamado "a estrada insana", um emaranhado de cruzes e pontos que as mulheres faziam com lama no tecido de algodão que teciam na aldeia quando eu era criança. E de repente soube que o pé sobre o qual havia pintado esse padrão era de uma mulher, e que eu estava pintando a barra de um dos mantos esfarrapados de M'Lissa.

Enquanto pintava, lembrei-me, como se uma tampa tivesse sido levantada do meu cérebro, do dia em que havia me esgueirado, escondida em meio ao capim-elefante, até a choupana isolada de onde vinham uivos de dor e terror. Debaixo de uma árvore, no chão batido do lado de fora da choupana, havia uma fileira de garotinhas atordoadas, embora não parecessem tão pequenas a meus olhos. Todas eram alguns anos mais velhas do que eu. Da idade de Dura. Dura, porém, não estava entre elas; e eu soube instintivamente que era ela quem estava sendo segurada e torturada dentro da choupana. Eram de Dura aqueles gritos desumanos que rasgavam o ar e gelavam meu coração.

De súbito, fez-se silêncio lá dentro. E então vi M'Lissa sair arrastando os pés, arrastando sua perna manca, e a princípio não percebi que ela estava carregando alguma coisa, pois era tão insignificante e impuro que ela o carregava não nas mãos, mas entre os dedos dos pés. Uma galinha — uma galinha, não um galo — estava raspando inutilmente a terra entre a choupana e a árvore onde jaziam as outras garotas, depois de terem sido submetidas a seu próprio tormento. M'Lissa levantou o pé e jogou o pequeno objeto na direção da galinha, que, como se estivesse esperando por esse momento, correu em direção ao pé virado de M'Lissa, localizou o objeto arremessado no ar e depois no chão e, em um movimento rápido de bico e pescoço, engoliu-o.

ADAM

Querida Lisette,

Como gostaria de vê-la, abraçá-la, ouvir suas sábias palavras. Passei a noite em claro, e estou escrevendo da lógia, à luz de uma vela, enquanto o sol nasce por trás do lago. Este lugar é tão bonito e tão tranquilo! Às vezes, Evelyn e eu conseguimos apreciá-lo, junto com as conversas agradáveis de seu tio encantador. Pelo menos os dois se dão bem. Como você sabe, eu temia que isso não acontecesse; Evelyn não costuma ser muito simpática com médicos de nenhum tipo e, ao longo dos anos, deixou muitos terapeutas extenuados em seu rastro.

Como você sugeriu, o fato de eu estar aqui com ela, e de este ser um local isolado, tranquilo e bonito, parece acalmá-la. Ela também parece gostar do fato de seu tio ser velho. Às vezes fica feliz só de vê-lo e pensa nele, acredito, como uma espécie de Papai Noel. Como tal, ele é mais um representante da exótica cultura ocidental e europeia pela qual ela é tão fascinada.

Mas por que, posso ouvir você se perguntando, estou acordado a esta hora e fiquei acordado a noite toda? Vou lhe contar. Algumas noites atrás, enquanto seu tio exibia alguns dos filmes antigos de sua viagem à África Oriental — aqueles que a encantaram quando menina e que foram o incentivo para sua própria viagem à África, onde nos conhecemos...! Enfim, ele estava exibindo esses filmes para nós depois de um dia inteiro de piquenique, em que velejamos até Schmerikon, no sul, e até Küsnacht, no norte. Tínhamos comido fartamente, quando voltamos para casa, um belo jantar de porco assado e batatas que seu tio havia deixado cozinhando para nós no velho fogão sem fogo herdado de sua avó — esse fogão sem fogo que talvez seja o exemplo mais intrigante de sua magia, na opinião de Evelyn! Para ser breve, perto do fim de um desses filmes, ela desmaiou, o corpo rígido como a morte, os dentes cerrados em uma careta feroz e, o mais estranho de tudo, os olhos abertos. Então, por um momento, é claro, pensamos que ela estivesse morta. Mais tarde, quando recobrou a consciência, ela tentou rir de tudo isso e disse que não estava acostumada a tanta atividade — velejar, caminhar e comer — em uma altitude desconhecida.

Embora tenhamos um quarto em um hotel em Schmerikon, às vezes passamos a noite com seu tio, sobretudo quando o trabalho dele e de Evelyn está rendendo bem, de forma que ficamos no quarto de hóspedes na noite em que isso aconteceu. Evelyn dormiu mal. De manhã, se levantou cedo e começou a pintar antes mesmo do café da manhã.

Começou a pintar uma galinha. Repetidas vezes. Em pedaços de papel cada vez maiores. Ela ficava nervosa quando o tamanho do papel que tinha em mãos parecia encolher em comparação com a ave monstruosa que tinha em mente. Depois havia a questão de como misturar as tintas — que seu tio fizera a gentileza de dar a ela — a fim de produzir algo que ela chamava de preto esverdeado reluzente. Ela estava desesperada para produzir essa cor, e apenas essa cor, para as penas da cauda da fera. Ficou impaciente, de péssimo humor, rasgando os desenhos menores em pedaços e arrancando os cabelos também, o tempo todo alheia à presença de seu tio, que estava sentado em uma espreguiçadeira à beira do lago, lendo ou fingindo ler; ou a minhas tentativas desesperadas de consertar um pote quebrado que tinha encontrado em um canto perto da lareira. Parecia pré-colombiano, e manuseei os cacos e a cola com todo o cuidado.

Abruptamente, ela nos deixou, levando tintas e pincéis. Houve um estrépito alto quando fechou as persianas do quarto no andar de cima. Em seguida, silêncio. Apenas o bater da água, o chilrear dos pássaros, o farfalhar do vento nas árvores. Consertei o pote da melhor maneira que pude, considerando que um terço dele estava faltando. O livro do Velho agora repousava sobre seus joelhos; ele dormia profundamente.

Quando a noite caiu, evitei ir para a cama. Tudo parecia calmo lá em cima, e eu não queria causar nenhum distúrbio; esperava que Evelyn tivesse se rendido à exaustão e caído em um de seus sonos profundos, semelhantes ao coma, que podiam durar dias. Mas quando por fim subi a escada, notei uma luz por baixo da nossa porta. Ao abri-la, deparei-me com Evelyn, ainda pintando depois de doze horas ou mais! E agora pintava uma enorme criatura emplumada — pois era ameaçadora e malvada demais para receber o simples nome de galinha ou galo — diretamente nas paredes antes brancas e imaculadas de seu tio.

Ela parecia exausta. Mas, ao me ouvir entrar, se virou e me olhou fixamente. Sem me ver, decerto, pois não falou nem deu sinais de registrar minha presença. Apenas se voltou outra vez para sua pintura monstruosa e pareceu se dedicar com ímpeto a ela.

Meus ossos gelaram. Não apenas por causa da expressão selvagem, doentia e perturbada dela — estava acostumado com isso —, mas pelo estrago que estava fazendo, indiferente à casa do seu tio, e pela pintura em si. Eu não sabia o que significava para ela, é claro, mas mesmo sem saber, senti no fundo da minha alma o mal que ela estava enfrentando.

Então, Lisette, é por isso que estou acordado tão cedo depois de uma noite sem dormir.

Espero que esteja bem e que continue me escrevendo aos cuidados de seu tio. Suas cartas me sustentam e me confortam, como têm feito durante todos estes anos. Considero uma das maiores bênçãos da minha vida poder chamá-la de amiga.

Com amor,

Adam

TASHI

Quando finalmente completei minha pintura "A Besta", como nós três passamos a nos referir a ela depois, minha mente e meu corpo estavam exaustos. Desabei na cama e dormi. Já era noite no dia seguinte quando acordei com o som do vento nas árvores, o barulho da água contra a margem do lago e o som abafado de vozes. Não tive vontade de me mexer. Fiquei deitada como havia desabado, apenas virando devagar os olhos apreensivos para a esquerda, em direção à parede, para olhar diretamente nos olhos perversos da minha criatura. Já não me assustava. Na verdade, tinha a sensação de estar vendo a causa de minha ansiedade pela primeira vez, exatamente como era. Não há como negar que o galo era arrogante, egocêntrico, envaidecido, e fora a submissão que ele nutrira que o fizera assim.

Olhei para o pé. Coxo, subserviente, estúpido — como se estivesse desconectado do corpo da mulher acima dele. M'Lissa. Nesse momento, minha serenidade diminuiu de súbito. Senti minhas emoções afluírem dolorosamente em direção à bainha de suas vestes. Tomada pela dor, desviei os olhos marejados no momento em que a bela cabeça de Adam apareceu na porta, seguida por Mzee, que carregava uma bandeja.

Eles trouxeram sopa de rabada, pão de centeio, palitos de cenoura, um raminho de salsa, uma xícara de cidra quente e um buquê de flores. Me ajudaram a sentar na cama com gentileza e um ar ligeiramente expectante. Enquanto eu comia, me distraíram contando a aventura culinária que tinha sido para eles preparar a refeição. O Velho havia preparado a sopa a partir do que se lembrava de uma receita da mãe; Adam tinha feito o pão. A salsa, as cenouras e as flores eram do jardim nos fundos da casa. Mzee se desculpou porque as cenouras, que tinham sido deixadas na terra por tempo demais, estavam duras; mas as apreciei mais do que todas as outras coisas. Sua fibrosidade limpou e refrescou minha boca de uma maneira friamente resistente e agradável.

Preciso me desculpar por tudo isso, disse eu, indicando minha besta.

É mesmo grande, comentou Adam. Depois disso, ele ficou quieto, porque sabia que nós dois conversaríamos mais tarde.

Não precisa se desculpar, disse Mzee. Ele examinou a pintura mais de perto, então se virou e caminhou até uma cadeira junto à janela, do outro lado do quarto. De lá, olhou para a pintura mais uma vez.

Incrível, disse, depois de admirá-la por quase uma hora.

Por fim, ele se aproximou e pegou a bandeja. Eu tinha comido tudo, e isso lhe agradou. Mzee estava usando um de seus aventais de algodão, e havia vestígios da preparação da receita da sopa de sua mãe por toda parte. Vi uma pequena mancha de sangue marrom perto da cintura. Olhei para ela com calma. Durante muito tempo, ficava amedrontada toda vez que via sangue. E então houve um período em que, se me cortasse, por acidente ou de propósito, eu sequer percebia.

Era assim que eu deveria estar trabalhando desde o início, disse Mzee, como se estivesse falando consigo mesmo, depois que Adam foi embora. A cura não é uma profissão burguesa. Com um suspiro profundo, sentou-se ao meu lado na cama e pegou minha mão.

A escuridão prateada da minha mão em contraste com o rosa-pergaminho da dele era bonita. Ele olhou pensativo para nossas mãos por um momento.

Estou curioso a respeito de uma coisa, disse.

Ja?, disse eu, com meu falso sotaque suíço que sempre o divertia. Exceto pelo Velho, eu achava que os suíços soavam bem pouco inteligentes quando falavam. Mas talvez fosse porque o resto do mundo zombava deles por seu sotaque peculiar e sua entonação curiosa. De qualquer forma, eu gostava de dizer *ja*. Soava ridículo em minha boca e fazia Mzee sorrir.

Ele estava procurando pelo cachimbo, que despontava do bolso do avental.

Está se sentindo melhor depois de ter feito isso?, perguntou, ao encontrar e acender o cachimbo. Sente-se melhor consigo mesma?

Nem sei dizer quanto, respondi sem hesitar. As lágrimas que haviam evaporado com a chegada de Mzee e Adam agora escorriam em abundância pelo meu queixo. Quando terminei de pintá-la, continuei, com a voz firme, como se não tivesse estado chorando, me lembrei da minha irmã, Dura... de quando Dura... não consegui continuar. Havia uma grande pedra alojada na minha garganta. Meu coração disparou penosamente. Eu sabia o que era a pedra; que era uma palavra; e que por trás dessa palavra eu encontraria meus sentimentos mais antigos. Sentimentos que me deixavam apavorada. Da morte da minha irmã, era o que eu ia dizer antes de a pedra bloquear minha garganta; porque foi assim que sempre pensei na morte de Dura. Ela simplesmente morreu. Sangrou, sangrou, sangrou e então morreu. Ninguém tinha sido responsável. Não havia culpados. Em vez disso, respirei fundo e expirei contra a pedra que bloqueava minha garganta: eu me lembrei do *assassinato* da minha irmã Dura, disse, explodindo a pedra. Senti uma pontada dolorosa em todo o meu corpo, que eu sabia que costurava minhas lágrimas em minha alma. Meu choro não estaria mais separado do que eu *sabia*. Comecei a chorar nos braços velhos de Mzee. Depois de muito tempo, ele secou meu rosto, acariciou meu cabelo e me confortou com um aperto maternal que coincidia com cada um dos meus soluços, enquanto meu pranto diminuía.

Ninguém sabia que eu estava escondida em meio à grama, continuei. Eles a levaram para o local de iniciação; um lugar isolado e solitário que era proibido aos não iniciados. Não muito diferente do lugar que nos mostrou em seu filme.

Ah, disse Mzee.

Ela tem gritado em meus ouvidos desde que aconteceu, disse eu, de repente me sentindo cansada além do que era capaz de expressar.

O Velho estava reacendendo seu cachimbo, que parecia ter sido apagado por minhas lágrimas.

Só que eu não conseguia ouvi-la, suspirei.

Você não se atreveu, disse o Velho.

Não compreendi; no entanto, o que ele disse de alguma forma fazia sentido.

Ele acariciou minha testa pensativamente, levantou-se em silêncio e me deixou para que eu pudesse retomar meu longo sono.

MZEE

Querida Lisette,

Ninguém me chama de *Mzee* desde que os nativos do Quênia o fizeram de maneira espontânea, há mais de um quarto de século. Já naquela época meu cabelo estava ficando grisalho, minhas costas começando a se curvar. Eu usava óculos. E, no entanto, de alguma forma senti que não era à minha idade que estavam se referindo quando me chamavam de "O Velho". Havia uma espécie de gravidade ou autocontenção em mim que eles reconheciam. Talvez eu esteja me gabando, como fazem os brancos quando os negros lhes atribuem uma designação benevolente para algo que é característico deles, mas que eles mesmos não identificam; no fundo de nosso coração talvez esperemos apenas vilipêndio; o nome "demônio", se não algo pior. Eu costumava ficar admirado com o fato de que, onde quer que fizesse palestras, em qualquer lugar do mundo, a única das minhas frases que todas as pessoas de cor apreciavam e pela qual se levantavam para me agradecer fosse "A Europa é a mãe de todos os males"; e ainda assim eles apertavam minha mão europeia, sorriam calorosamente para mim e alguns até me davam tapinhas nas costas. Os africanos escolhiam para nós nomes que lhes diziam algo sobre nosso comportamento. "Impaciente" tornou-se o nome de um colega que estava sempre com pressa. "Comilão", o nome do mais ambicioso do nosso grupo. "Lua da Noite" era como chamavam o homem mais negro de seu próprio grupo e, de fato, era o brilho de sua negritude que se via.

É uma experiência nova ter um paciente do outro lado do corredor, na minha própria casa. No meu refúgio! O lugar secreto para onde vim a fim de *me* curar. Só mesmo suas súplicas poderiam ter me convencido a fazer isso. No entanto, agora que Adam e Evelyn estão aqui, é como se estivessem destinados a vir para cá desde o início. Às vezes, quando estou sentado à beira do lago e por acaso olho para a semiescuridão sombria da casa, exatamente no momento em que Evelyn está olhando para fora, me surpreende como é natural ver seu rosto negro na *minha* janela. Observar Adam tentando consertar a mola do relógio de pêndulo, sentado na soleira da minha porta inundada pela luz do sol, evoca em mim um desejo que é praticamente uma lembrança.

Eles, com seu sofrimento indescritível, estão me trazendo de volta para algo em mim. Estou me encontrando neles. Um eu que muitas vezes senti que estava apenas meio em casa no continente europeu. Na minha pele europeia. Um eu antigo que anseia por conhecer as experiências de seus ancestrais. Precisa desse conhecimento, e dos sentimentos que ele evoca, para ser completo. Um eu que fica horrorizado com o que foi feito a Evelyn, mas o reconhece como algo que também foi feito a mim. Um eu verdadeiramente universal. Essa é a essência da cura que tantas vezes perdi de vista na minha vida "profissional" e europeia.

De qualquer forma, preciso perguntar a Evelyn por que ela não parece temer *meu torreão/minha torre* e o que ela diria ao ser presenteada com um grande saco de argila!

Com amor e admiração,
Seu tio Carl

PARTE V

OLIVIA

A prisão para a qual Tashi foi levada fora construída durante o período colonial, cerca de trinta anos antes da independência. Era velha antes mesmo de ser construída, como os afro-americanos sulistas de uma certa idade costumam dizer a respeito da Morte. Foi erigida do lado "nativo", em uma época em que a cidade era bem pequena. Algumas ruas curtas ladeadas de casas de madeira no estilo vitoriano das *plantations* — com varandas profundas e sombreadas — em torno de uma pequena praça central onde, imagino, senhoras brancas com vestidos de seda e guarda-sóis combinando desfilavam sem parar. O que mais elas poderiam fazer, depois de ter concebido e gerado um número apropriado de herdeiros para o senhor da casa? Há, na verdade, na diagonal do parque em direção às casas mais imponentes, uma passagem que ainda é chamada de Caminho das Damas Brancas, embora poucas pessoas brancas de qualquer tipo, exceto turistas, passem por ela agora. As casas são usadas como escritórios por autoridades do governo e funcionários públicos. Antigamente, logo após a independência, os negros se mudaram para lá, mas as deixaram de novo assim que conseguiram construir condomínios maiores e mais privados e afastados da cidade, que já estava se tornando uma miscelânea típica de uma cidade africana. Logo, o Caminho das Damas Brancas, por exemplo, levava não a um parque imaculadamente conservado (por serviçais africanos) usado apenas para passear ou levar a prole pálida para tomar sol, mas ao mercado, com suas barracas coloridas e caindo aos pedaços, braseiros enfumaçados de onde emanavam aromas apetitosos, vendedores apregoando suas mercadorias em uma cacofonia de vozes persuasivas e o guincho de pequenos animais sendo vendidos sem sentimentalismos para o abate.

Um dos lados da prisão, a distância, dava para lá, projetando-se sobre os telhados de várias fileiras de barracos e a fileira de repartições públicas. Um dos motivos de ter sido construída em uma colina — segundo a história que se contava sobre ela e que, nos primeiros dias pós-coloniais, havia sido afixada perto da entrada mas agora havia se tornado quase ilegível — era o fato de também ser uma guarnição e posto de comando destinado a intimidar e reprimir ativamente qualquer revolta entre os africanos. Havia *bunkers* ao redor da base e estações de artilharia entre arbustos, buganvílias, jacarandás e flores de hibisco empoeirados.

Eu nunca tinha visto a prisão antes de ir até lá com Adam visitar Tashi. Do lado de fora, a fachada outrora branca agora era raiada de marrom, com manchas de cimento cinza e pedaços de vergalhões de ferro preto salientes nos cantos, muitas das vidraças quebradas ou completamente ausentes; mal parecia habitável. E é claro que de fato não era. Ainda assim, estava abarrotada de prisioneiros até o teto. De todos os tamanhos, todas as formas, todas as idades. De ambos os sexos. Deixava-se o relativo silêncio da rua e deparava-se de imediato com uma parede de ruído. E fedor. O segundo andar havia sido destinado a um número crescente de vítimas da aids, enviadas para a prisão e não para o hospital, que, sendo pequeno, estava lotado. Durante quase um ano o governo sustentara que não existia aids no país; agora sua presença era reconhecida com relutância, embora não houvesse nenhuma especulação oficial sobre as possíveis causas no noticiário. Não se ouvia barulho nenhum naquele andar, onde homens, mulheres e crianças, todos infectados, se arrastavam e cuidavam uns dos outros, ou então jaziam quietos, tão magros que pareciam já estar mortos, em esteiras de palha no chão. Quando espiamos lá dentro, ninguém pareceu notar.

Enquanto subíamos os degraus para o terceiro andar, virei-me para Adam e disse, tentando ser engraçada: *Quero ir para casa.*

Assim como todos nós, respondeu ele, com ar sombrio, o olhar abatido e indefeso de um homem ligado a uma mulher e a circunstâncias perpetuamente fora de seu controle.

BENTU MORAGA (BENNY)

Só o dinheiro muda as coisas ou faz as coisas acontecerem, disse eu para minha mãe, dando uma olhada nas minhas anotações.

Você não deve pensar assim, respondeu ela, olhando pela janela. É muito novo africano.

Mas veja o que você tem aqui, retruquei, gesticulando para as paredes recém-pintadas de sua cela. Sua cadeira de plástico vermelha, sua mesa, seu material de papelaria e seus livros.

Não posso cair na armadilha da culpa, disse ela, sorrindo. Já estou na prisão.

Eu sorri com ela. Gostava da pessoa que minha mãe era na prisão. Ela era afetuosa e relaxada, muito diferente da mãe determinada e carrancuda que sempre conheci.

Poucos prisioneiros têm uma cela só para eles, comentei.

É verdade, concordou ela. Apenas os figurões que em breve comprarão sua saída e escaparão por completo da punição. Ela franziu a testa e, por um momento, vislumbrei seu eu antigo.

Ouvíamos os figurões do outro lado do corredor. Eles passavam o dia jogando cartas, ligavam o rádio a todo volume e bebiam cerveja. Ao contrário da minha mãe, suas celas nunca eram trancadas, de forma que visitavam uns aos outros até tarde da noite. Às vezes nos visitavam e levavam uma cerveja para minha mãe, e ela aceitava.

Eu não tinha entendido o que eram "figurões" até ver os juízes no julgamento da minha mãe. Eles usavam enormes perucas brancas, com cachos nas laterais e uma trança na parte de trás. Minha mãe riu deles, e achei que eles notaram e tive certeza de que a puniriam. Escrevi uma nota para mim mesmo sobre isso enquanto observava o que estava acontecendo no tribunal.

Há muitas coisas que não consigo fazer — dirigir um carro, por exemplo — ou até mesmo pensar. Eu costumava achar que havia uma razão enigmática para nunca conseguir acompanhar meus colegas na escola. Eu quase conseguia, mas então chegava a um ponto em que me sentia literalmente escorregando ladeira abaixo. Foi um alívio quando por fim me explicaram — não minha mãe ou meu pai, mas uma professora — que eu era um pouco retardado, algo a ver com a memória, o que significava que, assim como algumas pessoas são altas e outras são baixas, algumas pessoas podem ter pensamentos mais longos ou mais curtos do que outras. Não se preocupe!, disse minha professora, a Srta. MacMillan, rindo. Você tem a mesma capacidade de concentração do telespectador americano médio. E assim fui poupado da sensação de ser, como meu pai dizia, negativamente único.

Ainda assim, havia momentos em que desejava conseguir me lembrar do nome de algo que minha mãe tinha me pedido para comprar. Gostaria de fazer compras sem listas. Uma lista para o mercado. Uma lista para a escola. Uma lista do que levar e trazer de volta depois de uma tarde brincando no quintal de um vizinho. Uma lista de nomes de ruas para que eu não me perdesse no caminho para casa. Nada do que me pediam para fazer se fixava na minha mente. Não conseguia nem ao menos me lembrar de terem me pedido algo. Só a exasperação no rosto de minha mãe prendia minha atenção, mas apenas por um momento. Então eu me esquecia até mesmo disso.

Uma de suas frases favoritas era: Eu me admiro de você não se esquecer de que sou sua mãe! Mas eu nunca esqueci. Talvez fosse porque me sentia conectado ao cheiro dela. Que era quente, agradável, *suave*. Tinha a impressão de que poderia ter vivido feliz debaixo de um de seus braços por toda a minha existência. Mas nunca lhe disse isso porque achava que iria ofendê-la. Minha mãe tomava banho constantemente, como se quisesse se livrar de todos os odores corporais; para ela, um cheiro agradável era o de sabonete Palmolive, creme Pond's ou loção Nivea. Seu próprio cheiro parecia ser algo que ela era incapaz de aceitar. Mesmo agora, já na meia-idade, gosto de me aconchegar nela, mesmo que seja uma façanha contorcer meu corpo esguio de forma a caber confortavelmente sob seu pescoço. Ela mal tolera isso, no entanto, e se afasta de imediato.

Quando quero falar com minha mãe ou com meu pai sobre algo, tenho que escrever notas sobre o assunto para mim mesmo. Tenho que praticar o que quero dizer e como quero dizer. Assim como outras pessoas se preparam para uma prova cujo assunto lhes é desconhecido, eu preciso estudar, memorizar, para cada conversa com meus pais.

ADAM

Era verão e estávamos sentados em espreguiçadeiras sob as tílias no jardim dos fundos da casa de Lisette. Ela estava tricotando com lã azul em pleno calor, e eu fiz o comentário que mudou minha vida para sempre.

Está tão quente, disse eu, para estar tricotando com lã. A menos que, acrescentei, sorrindo para ela, você esteja esperando pés muito gelados neste inverno.

Pés muito gelados e *très petits*, respondeu ela, sem erguer os olhos.

E foi assim que fiquei sabendo sobre o *petit* Pierre.

Sempre tive cuidado com Lisette. Na maioria das vezes, quando fazíamos amor, eu não a penetrava. Nossa amizade se baseava na tristeza e na paixão compartilhadas, mas era antes de tudo uma amizade, e passei muitas noites em sua cama branca e macia, com Lisette em meus braços, mas tão desesperado com minha vida com Evelyn que a única coisa pela qual ansiava era dormir.

Por outro lado, houvera momentos de fraqueza ocasional, o que, afinal, é tudo de que se precisa.

Você não vai ter, é claro, disse eu.

O pescoço de Lisette, a que às vezes me referia em tom de brincadeira como seu grosso pescoço francês, se alargou visivelmente. Era o sinal mais claro de sua raiva, que ela se esforçava para disfarçar. Era um pescoço teimoso, do tipo que Joana d'Arc devia ter, e agora, enquanto olhava para mim, mas ao mesmo tempo um pouco de lado, eu o vi, assim como toda a parte superior de seu corpo sob o diáfano vestido branco de verão, ruborizar.

Isso não é da sua conta, disse ela, tricotando furiosamente enquanto uma gota de suor escorria pelo canto de seu olho castanho-claro. Em sua raiva, ela se parecia um pouco com a imagem que eu tinha de Madame Defarge, se alguém se sentasse na frente dela e bloqueasse sua visão da guilhotina.

Não é da minha..., não consegui terminar. Olhei para ela, sem palavras.

Pode ser que nem seja seu, comentou. Talvez eu tenha um amante, ou vários, durante os meses em que ficamos separados e você está com sua esposa maluca na América.

Essa não era sua maneira usual de se referir a Evelyn. Fiquei magoado.

O silêncio que se abateu sobre nós tornou-se um tanto ridículo graças ao zumbido enérgico das abelhas da vizinha, entrando e saindo de suas colmeias de madeira; elas produziam o mel que adoçava nosso café e nosso chá; nossas xícaras vazias exalavam o aroma de seu trabalho. Era um som que decretava: A vida continua. Sua dor é tão certa. Sua doçura, tão enigmática. É irrelevante para nós que vocês briguem. Vocês dois poderiam virar pedra, e isso significaria apenas que estaríamos livres para transitar por seu jardim, bem como pelo nosso.

É da minha conta sim, disse eu por fim.

Sim, disse ela, largando o tricô. Mas é mais da minha do que sua.

Quando?, perguntei. Infelizmente não me lembro de nenhum momento particularmente terno entre nós. Por outro lado, de modo geral, nossa amizade era permeada de ternura.

Ela deu de ombros.

Quando você esteve aqui pela última vez, é claro. Em abril. Quando veio me dizer que Tashi estava fugindo de você. Até de seus beijos.

LISETTE

Dei à luz o *petit* Pierre em casa, na cama da minha avó. Minha avó, Béatrice, que passou a vida lutando pelo direito das mulheres francesas ao voto. A cama baixa de madeira que foi construída para a casa no século retrasado e nunca mais saiu de lá. A cama em que minha mãe foi concebida e na qual eu mesma nasci. Comi bem durante a gravidez e fiz longas caminhadas por Paris quase todos os dias. Depois que superaram, de maneira notável, a indignação, o racismo e o choque que eram de se esperar, meu pai e minha mãe me encheram de bons conselhos e carinho. Foi reconhecido, de maneira quase formal — *"Alors*, não há nada a fazer!", disse minha mãe, finalmente dando de ombros depois de uma torrente de lágrimas amargas —, que eu havia herdado os genes da mãe da minha mãe, que tivera casos, mas não filhos, com ciganos, turcos e um ou outro judeu palestino e, pior, com artistas sem um tostão furado que podiam ser encontrados literalmente vivendo no sótão de sua pequena casa e subsistindo, mais uma vez literalmente, de potes de geleia e cascas de pão.

Tive a parteira mais requisitada da França — minha competente e engraçada tia Marie-Thérese, cuja ideia radical era de que o parto deveria ser acima de tudo uma experiência erótica. Não ouvi nada além de música gospel durante a gravidez, um tipo de música bastante novo para mim, e para a França, e "It's a High Way to Heaven" ("...*nothing can walk up there, but the pure in heart...*") estava tocando no aparelho de som durante o parto; o calor das vozes dos cantores o acompanhamento perfeito para o fogo que crepitava na lareira. Minha vulva foi lubrificada e massageada para manter meus quadris abertos e minha vagina fluida, e tive um orgasmo no final. *Petit* Pierre praticamente deslizou para o mundo no auge do meu êxtase, sorrindo de modo sereno antes mesmo de abrir os olhos.

Minha tia o colocou sobre a minha barriga logo que o ergueu do meio de minhas pernas, esperando para cortar o cordão umbilical apenas quando ele estivesse respirando sozinho; e assim nossos corações continuaram a bater juntos como haviam feito quando ele estava em meu ventre. A visão de seu corpo marrom-claro, macio e lustroso, e dos cabelos encaracolados e molhados me fez sentir falta de Adam. Mas, suspirando de plenitude, logo mergulhei na alegria do milagre que sentia que eu e o universo sozinhos tínhamos produzido.

Havia se sentido excluído, disse ele, quando finalmente ficou livre para ir nos ver. Porque não estava lá.

Mas por quê?, perguntei. Você sabia quando ele ia nascer.

Evelyn também, disse ele.

PARTE VI

TASHI-EVELYN

Está quente dentro do tribunal. Os ventiladores de teto, enquanto giram, soam como gargantas roucas tentando pigarrear. As janelas basculantes estão totalmente abertas, para permitir a entrada de qualquer coisa que se assemelhe a uma brisa. Estou vestindo roupas de algodão branco e fresco da cabeça aos pés; Olivia as compra para mim nas butiques turísticas. Ainda assim, sinto gotas de suor escorrendo pelo meio das minhas costas e, em seguida, deslizando em fios mercuriais até se depositarem no cós já encharcado.

Passamos a manhã ouvindo as declarações de quem me viu em meu caminho. O homem que me vendeu as navalhas, um sujeito atarracado e de olhos lacrimejantes que admite ter me cobrado a mais porque eu era estrangeira. Embora falasse olinka, ele soube que eu era americana por causa das minhas roupas, disse. Em seguida, uma mulher que me vendeu uma laranja pouco antes de eu entrar no ônibus na estação de Ombere. Ela era velha e desdentada. Seus trapos obviamente cheiravam mal, pois ambos os advogados mantinham distância enquanto ela suava e babava um pouco no banco das testemunhas. Foram as palavras de uma jovem, no entanto, que aparentemente me comprometeram. Ela era magra e de pele escura, usava um curioso tom rosa-claro quase branco pintando os lábios e as unhas. Explicou, em inglês, com uma ou duas palavras em olinka aqui e ali, que era proprietária da papelaria que ficava perto da praça onde se tomava o ônibus. Ela se lembrou de mim porque eu tinha entrado na loja procurando, e em seguida pedindo que ela conseguisse para mim, folhas de papel branco grosso para fazer cartazes.

No entanto, mudei de ideia sobre o papel branco, disse ela, assim que me trouxe alguns.

Não, eu teria dito, segundo ela. O branco não é o culpado desta vez. Traga-me papel das cores da nossa bandeira.

Houve uma espécie de arfar coletivo no tribunal quando ela disse isso. Senti ainda mais olhos perfurando buracos em minha nuca. Os juízes coçavam disfarçadamente o cabelo crespo natural nas bordas da peruca de cabelos lisos.

E foi este o papel, senhorita, que a ré comprou?

O promotor fica diante da jovem no banco das testemunhas, o papel vermelho, amarelo e azul vívido estendido à sua frente.

Houve um tempo em que aquelas cores sozinhas me faziam chorar de orgulho. Agora olho para elas com tanta indiferença quanto se fossem giz de cera em uma caixa de colorir infantil.

Surpreendentemente, há algumas pessoas mais velhas nos fundos da sala do tribunal que, ao verem as cores — pelas quais, quando eram jovens revolucionários, lutaram —, ficam de pé, com a mão sobre o coração. (Claro que não consigo vê-las; apenas ouço, debilmente, seus movimentos. O estalar das articulações, o arrastar dos pés. Não me dou conta na hora. Mais tarde, Adam e Olivia vão me contar. Em vez disso, penso na bandeira da minha nova pátria, a América. Vejo, em minha mente, a bandeira vermelha, azul e branca. Cores cujo significado desconheço. Uma bandeira que uma mulher costurou.)

Relutante, volto a me concentrar na jovem dando testemunho. Penso no significado da palavra "testemunho". Originalmente, nomeava o costume de dois homens segurarem os testículos um do outro em um gesto de confiança mútua, que mais tarde se converteria no aperto de mão. Imagino a mão negra e macia da mulher segurando as bolas do jovem advogado, suas unhas cor-de-rosa emaranhadas em seus pelos pubianos. O que estamos fazendo neste tribunal sufocante, diz ela, roçando seus mamilos cor de ébano sobre o peito liso e sem pelos dele, está um lindo dia lá fora. O rosto do advogado tem aquela expressão peculiar de concentração que os homens sexualmente excitados têm; ele... Tenho que prestar atenção, penso, girando a cabeça lentamente em volta do pescoço; se não tomar cuidado, vou imaginar um romance tórrido e perderei, como diz Olivia, meu próprio julgamento.

A mulher diz que comprei o papel e uma caneta hidrográfica e me sentei imediatamente para fazer meus cartazes.

Quais cartazes viu a ré produzir?, pergunta o promotor.

Apenas um, diz ela.

Será que pode dizer ao tribunal como leu o cartaz, e também o que estava escrito nele?

Ela me mostrou, disse a jovem.

Ela lhe mostrou?

Sim. Ela me disse: Você é jovem e ainda tem a vida inteira pela frente. Eu sou velha e minha vida já acabou. A única coisa que me resta agora é alertá-la sobre o desastre.

Nesse momento, a jovem parou, como se a emoção daquela experiência a tivesse atravessado momentaneamente. Levou uma unha pintada de cor pálida ao canto do olho.

Claro que eu não entendi, disse ela, como se quisesse se livrar de qualquer indício de cumplicidade.

Claro que não, disse o promotor. Por favor, continue.

Pois bem, disse a jovem, ela colocou a bolsa, quer dizer, a mala no chão e sentou-se sobre ela, em um canto da loja, para não atrapalhar a passagem. Como ainda era muito cedo, ela era a única cliente. Simplesmente se sentou lá e começou a fazer os cartazes.

E aquele que você viu?, instigou o promotor.

O primeiro que ela escreveu, disse a jovem. Ela o estendeu diante de si, muito séria, e o examinou, então o virou para mim.

Fez-se silêncio.

Fiquei surpresa ao ler o que dizia. E é claro que não consegui entender o que significava.

Certo, disse o promotor, esperando.

"Se mentir para si mesma sobre sua própria dor, será morta por aqueles que alegarão que você gostou dela." Era isso que o cartaz dizia, em letras pretas garrafais, disse a jovem.

Se mentir sobre sua dor, será morta, repetiu o promotor.

Para si mesma, corrigiu a jovem. Se mentir *para si mesma*. Essa foi obviamente a parte da mensagem que chamou sua atenção.

Sim, sim, disse o promotor. E depois de lhe mostrar o cartaz, o que ela fez?

Acho que fez vários outros. Ela me explicou que onde vivia, na América, as pessoas faziam cartazes e bótons para tudo o que queriam dizer, e ninguém as prendia por isso. Eu a avisei para ter cuidado, disse a jovem.

Por que fez isso?, perguntou o promotor, bruscamente.

A jovem lançou-lhe um olhar assustado. Sua voz foi um sussurro quando ela respondeu. Eu não sei, disse.

Mas é claro que ela sabia. Todos no tribunal sabiam. Metade das pessoas nas prisões de Olinka estava lá por expressar seu descontentamento com o atual regime. Um gemido audível me escapou. Os juízes me repreenderam.

Eu tinha me sentido feliz ao me sentar em minha mala chinesa vermelha de pele de porco no canto da loja. Escrevendo em letras de forma como se fosse uma criança. Ocorrera-me no avião que nunca seria capaz de escrever um livro sobre a minha vida, nem mesmo um panfleto, mas que escrever *alguma coisa* era algo que eu podia fazer e faria. E quando o avião pousou, vi por toda parte *outdoors* gritando para as pessoas que deveriam comprar Fanta e Coca-Cola e Datsuns e Fords e chocolate e uísque e açúcar e mais açúcar e café e mais café e chá e mais chá. Então pensei: Claro! Esse excremento é o material de leitura das massas. Sou apenas uma velha louca, mas vou me jogar contra os *outdoors*. Vou competir com eles. E no dia seguinte, antes de sair da cidade, entrei apressada na papelaria.

Por que as cores da nossa bandeira?, perguntou o promotor.

Mas a expressão vazia da jovem foi resposta suficiente.

Sim, por que as cores da nossa bandeira?

Vermelho por causa do sangue do povo derramado na resistência ao regime supremacista branco. Amarelo por causa do ouro e dos minerais que nossa terra ainda tem em abundância, mesmo que os brancos tenham levado montanhas deles embora. Azul por causa do mar que banha nossas costas, cheio de riquezas e de mistérios de todo tipo nas profundezas; azul também por causa do céu, símbolo da fé do nosso povo nas forças do invisível e de seu otimismo em relação ao futuro.

Houvera muitos debates sobre as cores dessa bandeira; debates dos quais todos participaram. Então, as cores foram decididas pelos líderes e a bandeira foi enviada para a Alemanha para ser desenhada, produzida em grande escala e vendida de volta para nós.

Posso sentir minha mente tentando iniciar uma história alternativa para a bandeira, uma que substitua o que aconteceu de fato com o povo. Mas, surpreendentemente, nada acontece. Minha cabeça, como o resto do meu corpo, permanece inabalável na minha cadeira. Minha imaginação se recusa a dar saltos e não chega nem até as janelas abertas para a rua. Tenho a estranha sensação de que, no fim da vida, estou começando a habitar completamente outra vez o corpo que há muito deixei.

Olivia se esgueirou até mim quando fomos dispensados, no fim da audiência, e enfiou um pequeno saco de papel na minha mão. Quando estava de volta à minha cela, abri o saco e tirei uma pequena boneca feita de argila. Fazia muito anos que eu vira uma boneca como aquela, por acaso, certa manhã, na choupana de M'Lissa. Ela me encontrou brincando com ela e me deu um tapa nas orelhas, alegando que a coisa que eu tinha nas mãos — uma pequena figura brincando com seus órgãos genitais — era indecente. Eu era muito pequena para perguntar por que, então, ela a tinha em sua choupana. Um bilhete de Olivia dizia: Esta é uma réplica. Há mulheres ceramistas aqui que as fazem. Dá para acreditar?

Francamente, não dava.

Parte VII

EVELYN

A psicóloga para quem o Velho me encaminhou depois de sua morte era uma mulher afro-americana de meia-idade chamada Raye. Ele a conhecera em uma conferência para psicólogos em Londres, quando ela estava começando a clinicar. Eles gostaram um do outro e mantiveram contato desde então. Eu não gostava muito dela. Porque não era Mzee. Porque era negra. Porque era mulher. Porque estava inteira. Ela irradiava uma competência tranquila e incontestável que me irritava.

Foi para ela, porém, que um dia me vi falando sobre Nosso Líder. Nosso Líder, como Nelson Mandela e Jomo Kenyatta e outros antes deles, fora forçado ao exílio e por fim capturado e preso pelo regime branco. Ainda assim, milagrosamente, por meio do boca a boca e, de vez em quando, por meio de uma fita cassete gravada clandestinamente, conseguíamos ouvir suas surpreendentemente frequentes "Mensagens ao Povo". Ao contrário de Nelson Mandela ou Jomo Kenyatta, Nosso Líder nunca chegou a experimentar a liberdade; foi assassinado às véspera da independência, ao deixar o presídio de segurança máxima onde estava encarcerado, sob forte escolta. Na verdade, acreditava-se que os guardas o haviam assassinado, embora isso nunca tenha sido provado. Seus assassinos, de qualquer forma, nunca foram levados à justiça, nem mesmo identificados; e assim, enquanto nós, Olinka, celebrávamos o que pensávamos ser nossa liberdade, já havia internamente uma reação de mágoa e raiva que apenas a punição rápida de seus algozes poderia ter aplacado, e a necessidade desesperada de mostrar o quanto amávamos e respeitávamos a memória de Nosso Líder em tudo o que fazíamos.

Mas você já havia deixado a África nessa época?, perguntou Raye, enquanto eu explicava isso a ela.

Sim, respondi. Meu corpo havia partido. Minha alma, não. Fiz uma pausa. Parecia impossível que qualquer pessoa compreendesse. Menos ainda aquela mulher bem-vestida que andava com passos flexíveis e cuja pele marrom, cor de canela, era impecável.

Havia um tom despreocupado que ela às vezes adotava, nos momentos mais improváveis. Ela o adotou agora.

Pode me contar, disse, com uma expressão conspiratória.

Mas eu não conseguia. Nosso Líder tinha dado a vida por nós. Pela nossa independência. Pela nossa liberdade. O que eu poderia dizer sobre minha vida insignificante diante dessa realidade? Eu podia sentir uma grande pedra, gêmea daquela que havia suprimido a verdade sobre o assassinato de Dura, começando a fechar minha garganta. Senti uma mentira começando a tomar forma. Uma mentira que dizia que a pedra não era uma pedra, mas um cristal de açúcar. Então me lembrei de Mzee. Vocês são sua última esperança, dissera ele. Eu acreditava nisso ou não?

Limpei a garganta e comecei.

Ele era Jesus Cristo para nós, entende?, disse, depois de um longo silêncio.

Raye olhou para mim com expectativa.

Se Jesus Cristo morreu por você, como pode criticar qualquer coisa que ele faça?

Algumas pessoas o culpam por afirmar que morreu por elas, disse Raye. Mas deixemos isso de lado. É melhor declará-lo perfeito e pronto, acrescentou.

Mas e se ele lhe dissesse para fazer algo que a destruísse? Algo que fosse errado?

Impossível, disse Raye. Lembre-se de que ele era perfeito.

Então ela abriu um sorriso malicioso, e eu vi a armadilha naquele raciocínio, e também entendi que era uma brincadeira. No entanto, minhas mandíbulas estavam cerradas demais para sorrir.

Comecei de novo. Mesmo da prisão, recebíamos nossas instruções, disse eu. Boas instruções. Sensatas; corretas. Do Nosso Líder. Que precisávamos nos lembrar de quem éramos. Que devíamos combater os opressores brancos sem cessar; sem nem ao menos pensar em cessar; pois eles certamente ainda estariam lá no tempo dos nossos filhos e dos filhos dos nossos filhos. Que tínhamos que retomar a nossa terra. Que tínhamos que resgatar os descendentes daqueles do nosso povo que tinham sido vendidos como escravos em todo o mundo (Nosso Líder era bem incisivo nesse ponto, praticamente o único entre os líderes africanos); que tínhamos que retornar à pureza de nossa cultura e nossas tradições. Que não podíamos negligenciar nossos antigos costumes.

Houve mais um momento de silêncio, enquanto eu brincava com as pulseiras de pelo de elefante que pareciam ser de plástico no meu pulso.

Nós achávamos que ele era um deus, na verdade, falei por fim, com um suspiro. Por ter sofrido tanto... Sabíamos que tinha sido torturado, podíamos até imaginar como, com base nos corpos mutilados que às vezes a prisão devolvia às famílias. Sabíamos que havia passado anos na solitária e quase enlouquecera. Mas ele não cedeu. Nem se esqueceu de nós.

Em toda choupana, mesmo quando eu ainda era uma garotinha, havia uma pequena foto dele embrulhada em plástico e cuidadosamente escondida em um lugar especial entre as vigas. Seus olhos riam! Olhos sábios e brilhantes. Eles pareciam falar. Sempre que recebíamos uma mensagem, pegávamos a foto e, enquanto repassávamos o conteúdo e a decorávamos, olhávamos para ela. Nós o amávamos. Acreditávamos em tudo o que ele dizia. Achávamos que ele sabia... de tudo.

Os missionários tinham feito uma grande campanha contra o que chamavam de desfiguração de nosso rosto pelas marcas tribais Olinka. Mas Nosso Líder tinha as mesmas marcas, e era evidente que se orgulhava delas; então era difícil ouvir as objeções dos missionários, ou até mesmo se importar com eles, embora lhes déssemos nossas orações e conversões murmuradas, que pareciam deixá-los satisfeitos com tanta facilidade, como mães de filhos dóceis.

Raye estava inclinada para a frente em sua cadeira. Enquanto falava, percebi que eu havia coberto ambas as bochechas com os dedos. Também havia cruzado as pernas. Baixei as mãos e as escondi nas dobras do vestido. Um vestido azul-claro com bolinhas verde-água, que me lembrava o mar, e as lágrimas.

Quanto ao que foi feito a mim... ou *para* mim, disse eu. E parei. Porque Raye havia erguido as sobrancelhas, intrigada.

A iniciação...

Ela continuou a me olhar com a mesma expressão de expectativa.

A iniciação feminina, disse eu. À feminilidade.

Sim?, disse ela. Mas ainda parecia não ter compreendido.

Circuncisão, sussurrei.

Como?, perguntou ela, em um tom de voz normal que, no entanto, pareceu alto na sala silenciosa.

Senti como se tivesse lhe entregado uma pequena e preciosa pérola, e ela prontamente a tivesse mordido e declarado que era falsa.

Como é esse procedimento?, perguntou ela, sem hesitar.

Lembrei-me de uma característica das mulheres afro-americanas de que não gostava nem um pouco. Uma franqueza. Um ir direto ao cerne da questão, mesmo que provocasse em todos os envolvidos um ataque cardíaco. Era raro as mulheres negras na América exibirem a sutileza graciosa da mulher africana. Será que tinha sido a escravidão que as deixara assim? De repente, uma história sobre Raye surgiu em minha mente: eu a vi com clareza, como ela teria sido no século xix, xviii, xvii, xvi, xv... As mãos nos quadris, os seios de fora. Ela é muito negra, tão negra quanto eu. "Ouça, branquelo", ela está dizendo, "você vendeu meu filho ou não?". O "branquelo" choraminga: "Escute, Louella, era meu filho também!" No minuto em que ele lhe dá as costas, ela pega uma grande pedra, igual à que tenho na garganta, e... Mas me forço a abandonar a cena.

Você não tem meu histórico?, perguntei, irritada. Eu tinha certeza de que o Velho o enviara para ela antes de morrer. Por outro lado, essa era uma pergunta que ele nunca havia me feito. Eu tinha dito "circuncisão" para ele, e ele parecera satisfeito; como se soubesse exatamente o que significava. Será que tinha entendido?, eu me perguntava agora.

Eu tenho seu histórico, disse Raye, dando tapinhas na capa cinza com a unha pintada de prateado e ignorando minha atitude. Mas não sei nada sobre essa prática e gostaria de ouvir de você. Ela fez uma pausa, olhou para a pasta. Algo que sempre me perguntei, por exemplo, é se a mesma coisa é feita com todas as mulheres. Ou há variações? Sua irmã... O clitóris de Dura foi removido, mas algo mais foi feito, algo que tenha aumentado o risco de ela sangrar até a morte?

Seu tom agora era bastante clínico. Isso me fez relaxar. Respirei fundo e busquei a distância necessária e familiar de mim mesma. Não fui tão longe como de costume, no entanto.

É sempre diferente, acho, disse eu, expirando, porque cada mulher é de um jeito. Mas é sempre igual, porque os corpos femininos são todos iguais. Só que isso não era de todo verdade. Em minhas leituras, eu descobrira que havia pelo menos três formas de circuncisão. Algumas culturas exigiam apenas a retirada do clitóris, em outras era preciso fazer uma raspagem completa de toda a área genital. Um suspiro me escapou enquanto pensava em como explicar isso.

Uma leve ruga surgiu entre os olhos grandes e claros de Raye.

Sei que é difícil para você falar sobre esse assunto, disse ela. Talvez seja melhor não forçarmos.

Mas eu já estou forçando, e a pedra rola da minha língua, esmagando por completo a velha e familiar voz distante que sempre usava para contar essa história, uma voz que mal parecia conectada a mim.

Foi só depois que vim para a América, disse eu, que descobri o que deveria haver lá embaixo.

Lá embaixo?

Sim. Meu próprio corpo era um mistério para mim, assim como era o corpo feminino, além da função dos seios, para quase todo mundo que eu conhecia. Da prisão, Nosso Líder dizia que devíamos nos manter limpos e imaculados como éramos desde tempos imemoriais — cortando as partes impuras do nosso corpo. Todos sabiam que se uma mulher não fosse circuncidada, suas partes impuras cresceriam tanto que logo tocariam as coxas; ela se tornaria masculina e se excitaria. Nenhum homem poderia penetrá-la porque sua própria ereção estaria no caminho.

Você acreditava nisso?

Todos acreditavam, mesmo que ninguém nunca tivesse visto. Ninguém que vivesse na nossa aldeia, pelo menos. E, no entanto, os anciãos, em particular, agiam como se todos tivessem testemunhado esse mal, e não houvesse muito tempo.

Mas você sabia que isso não tinha acontecido com você.

Mas talvez tivesse, disse eu. Com certeza, para todas as minhas amigas que foram circuncidadas, minha vagina não circuncidada era considerada uma deformidade. Elas riam de mim. Zombavam de mim por ter um rabo. Acho que se referiam aos meus grandes lábios. Afinal, nenhuma delas tinha lábios vaginais; nenhuma delas tinha clitóris; não faziam a menor ideia de como eram essas coisas; aos seus olhos, é claro que eu parecia estranha. Havia algumas outras meninas que não haviam sido circuncidadas. As que haviam sido às vezes fugiam de nós, como se fôssemos demônios. Mas rindo. Sempre rindo.

E, no entanto, é desse tempo, antes da circuncisão, que você se lembra do prazer?

Quando era pequena, eu costumava me acariciar, o que era um tabu. E então depois, quando eu era mais velha, antes de nos casarmos, Adam e eu costumávamos fazer amor nos campos. O que também era um tabu. Fazer amor nos campos, quero dizer. E o fato de praticarmos cunilíngua.

Você tinha orgasmos?

Sempre.

E ainda assim renunciou a isso para…, Raye franziu a testa, incrédula.

Completei a frase para ela: Ser aceita como mulher de verdade pelo povo Olinka; pôr fim à zombaria. Caso contrário, eu seria uma coisa. Ou pior, porque, por causa da minha amizade com a família de Adam e meu relacionamento especial com ele, nunca fui digna de confiança, era considerada uma traidora em potencial até. Além disso, Nosso Líder, nosso Jesus Cristo, dizia que devíamos manter todos os nossos velhos costumes e que nenhum homem Olinka — nisso ele ecoava o grande libertador Kenyatta — sequer cogitaria se casar com uma mulher que não fosse circuncidada.

Mas Adam não era Olinka, disse Raye, intrigada.

Suspirei. A pedra havia sumido, mas falar de repente parecia inútil. Nunca pensei em me casar com Adam, disse eu, com firmeza, e observei a surpresa em sua expressão. Eu me casei com ele porque ele era leal, gentil e familiar. Porque ele foi atrás de mim. E porque descobri que não poderia lutar contra a ferida que a tradição havia me infligido. Eu mal conseguia andar.

Mas quem...?, começou Raye, ainda mais perplexa.

Por fim, senti um sorriso frio se formando em meu rosto tenso. Sorri para a jovem inocente e ignorante que eu tinha sido. A pedra agora não só tinha caído da minha língua, mas estava rolando rapidamente para longe de mim, em direção à porta. Como qualquer outra jovem Olinka, expliquei, eu estava apaixonada pelo amante perfeito que já tinha três esposas. O amante, pai e irmão perfeito que tiraram de nós de maneira tão cruel, mas cujos olhos risonhos víamos na fotografia que ele havia nos deixado e cuja voz doce e sedutora ouvíamos na fita cassete à noite. Pobre Adam! Ele não chegava nem aos pés do Nosso Líder, o verdadeiro Jesus Cristo para nós.

ADAM

Os Olinka falavam de "Nosso Líder" exatamente com o mesmo fervor que desejávamos que falassem de "Nosso Senhor". Havia sempre histórias de suas façanhas circulando pela aldeia, seus "milagres" de emboscada e ousadia contra os brancos. Ele era como Cristo para os aldeões, exceto por uma coisa: sua aceitação da violência como meio para pôr fim à opressão sofrida pelos africanos.

Ele era chamado de "Nosso Líder" porque o regime branco havia tornado crime dizer seu nome em voz alta. Havia homens em todas as aldeias Olinka cujas costas carregavam as cicatrizes de seu esquecimento ou da violação deliberada desse decreto. E quando esses homens falavam de "Nosso Líder", um senso de proteção e uma raiva especialmente ferrenhos brilhavam em seus olhos. Na verdade, tentar falar com eles sobre Cristo tornou-se cada vez mais assustador. Nosso Cristo. Nosso líder branco e pacifista morto e fora de perigo.

PARTE VIII

LISETTE

Quando Pierre completou dezessete anos e se formou no *lycée*, nada pôde impedi-lo de ir para a América para ficar mais perto do pai. Ele é gentil, de cabelos encaracolados, dourado. Na França, as pessoas supõem que é argelino. Eu o mandei para Harvard. Por que não? Como digo aos meus amigos, Pierre é minha única despesa, portanto, posso me dar ao luxo de ser generosa com ele. Mas é mais do que isso. Como cresceu praticamente sem pai, sinto-me compelida a compensá-lo.

Quando Evelyn soube que eu estava grávida do *petit* Pierre, como Adam, eu e meus pais costumávamos chamá-lo, ela teve um acesso de fúria que se transformou em uma depressão incapacitante e rancorosa que durou anos. Tentou se matar. Falou em assassinar o filho deles. Tive pena de Adam. Ele não pretendia ter um filho comigo. Era eu que queria um bebê. Eu que não queria, exceto de tempos em tempos, um homem. Talvez eu tivesse sido apenas levada pelos ventos de mudança que sopravam sobre a vida das mulheres na França, graças a mulheres como minha avó sufragista e escritoras como Simone de Beauvoir, cujo livro *O segundo sexo* colocou o mundo que eu conhecia em uma perspectiva que eu podia compreender com mais facilidade, se não dominar. Antes de ler o livro dela, me sentia condenada à incompreensão no que dizia respeito à opressão universal das mulheres. Condenada à ignorância, apesar de ter ouvido, desde a infância, os discursos inflamados da minha avó Béatrice em sua luta incansável pelos direitos das mulheres francesas. Condenada, inclusive, a uma espécie de insanidade que acredito que os oprimidos mimados sempre sentem, e para a qual parece não haver remédio exceto o conhecimento a respeito de sua situação, seguido pelo exercício ativo da compreensão que essa consciência lhes dá.

Já havia sido bastante difícil ser obrigada a deixar a Argélia, nossa casa e nosso jardim, nossos criados e nossas amizades (com os criados) para trás. Mas os franceses estavam matando os argelinos, física e mentalmente, e os argelinos estavam cansados de serem tratados como se fossem cães. Eles pegaram em armas. Parecia haver uma maré crescente de sangue engolindo o país, e nem mesmo clérigos como meu pai estavam a salvo. Fomos embora chorando, pois nos considerávamos argelinos. Franco-argelinos, é claro. Membros da classe e da raça dominantes, *bien sûr*. A elite. E, no entanto, eu, em especial, me sentia nativa do país, porque era. Nasci lá. O sol quente é até hoje o meu preferido. Nunca fico tão feliz como quando estou imersa em um escaldante verão em Paris, quando a maioria dos parisienses de verdade se certifica de ir para outro lugar. Um lugar mais fresco. À beira-mar ou nas montanhas.

Havia lugares — restaurantes, boates, escolas, bairros — que os argelinos não podiam frequentar. A velha história colonial. E, no entanto, as pessoas eram tão bonitas, hospitaleiras como os africanos sempre são, sobretudo nossos criados e companheiros de brincadeiras. As crianças me ensinaram jogos, e elas e seus pais me ensinaram árabe.

Não havia como eu compreender o que estava acontecendo quando eles chegavam para o trabalho com os olhos embaçados, até mesmo hostis, e o rosto inchado pelo luto. Algum de seus parentes tinha sido capturado pelas forças de segurança francesas durante a noite, interrogado, preso, torturado e morto.

Como amava minha babá, meus companheiros de brincadeira e os criados, naturalmente eu odiava a França. E de repente ter que "voltar" para lá, como os jornais diziam sobre nós. Argumentei com meus pais que a França era um lugar onde eu nunca estivera; portanto, como poderia "voltar"? Meus pais, como a maioria dos pais colonos, não souberam o que responder. Eles próprios não estavam nem um pouco felizes com o rumo que as coisas haviam tomado. Haviam deixado a França porque na sociedade francesa não havia lugar para eles — todas as posições de destaque, brincava meu pai, tinham sido ocupadas —; e, embora na Argélia tivesse passado por momentos difíceis como sacerdote cristão cercado por um mundo de muçulmanos, ele sentia que havia encontrado e ampliado um nicho para si mesmo que era compensador. Tinha mais poder na Argélia e um lugar de mais destaque na sociedade do que jamais poderia ter tido na França.

Eu gostava de observar meu pai com *petit* Pierre, seu homônimo. Eles eram fisicamente muito parecidos, baixos, magros e sérios, bastante lentos e discretos em contraste com os parisienses viciados em café e perpetuamente mal-humorados. Eu sei que, quando olhava para Pierre, meu pai via os rapazes argelinos inocentes, ou seja, apolíticos, de sua congregação, que ele havia deixado para trás, entregues a um destino incerto, presos como estavam entre as forças de segurança francesas, para quem todos os árabes eram iguais, e os Maquis, o Exército de Libertação Nacional e os fanáticos muçulmanos mais militantes, para quem os árabes cristãos não se pareciam em nada com eles: ou seja, com verdadeiros árabes. Rapazes que pareciam profundamente tocados pela não violência pregada pelo Jesus Cristo da igreja do meu pai. O Jesus que inevitavelmente identificavam como um rebelde argelino, pois não só o Jesus Cristo da religião cristã se parecia com um argelino, mas por muito tempo houve uma tradição de martírio árabe na Argélia, que todos eles conheciam bem, na qual jovem "terrorista árabe" após jovem "terrorista árabe", às vezes meninos não muito mais velhos do que eles, iam para a frente de batalha, de mãos vazias ou com pedras e espadas enferrujadas, enfrentar as metralhadoras e granadas de mão dos franceses.

Petit Pierre nasceu anos depois — quando meus pais já estavam completamente reintegrados à vida francesa e eu me sentia à vontade no país pela primeira vez — e tornou-se tanto a lembrança de nossa vida na Argélia, que de repente em Paris parecia nunca ter existido, quanto nosso consolo. Isso se aplicava até mesmo a minha mãe, que se preocupava, muito mais do que eu ou meu pai, com o que as outras pessoas pensavam. Ela não tinha a mesma fé inabalável da própria mãe em seu direito de aproveitar a vida como bem entendesse e na companhia de quem escolhesse, mas amava a Argélia, e o calor do povo a marcara. Seu racismo pequeno-burguês francês — "todos os árabes roubam; as mulheres não são melhores do que se poderia esperar; as crianças nascem com uma tendência criminosa etc. etc. etc." — tinha sido severamente abalado pelo sofrimento de seus criados e amigos.

Ela adorava Pierre. Quando ele foi para a América, achei que o coração dela fosse se partir. Ela, que o via como a luz de seus anos crepusculares, a luz de suas lembranças de uma fase anterior, da qual ele não fazia parte, mas era como um sol tardio na noite de sua vida, iluminando uma nova verdade que ela agora sabia, apontando para trás com seus raios. Ela que, desde que Pierre aprendera a andar, passeava de mãos dadas com ele por todas as praças de Paris. A princípio, cuidadosamente protetora em relação aos olhares dissimulados de desconhecidos; depois corajosamente solidária com *petit* Pierre; por fim, alegremente perdida na felicidade de avó de ter a mãozinha dourada dele na dela.

EVELYN

Contei a Raye sobre minha tendência, ao longo de toda a vida, de escapar da realidade para o reino da fantasia e da narrativa.

Sem esse hábito, disse eu, seria impossível para mim descobrir que algo incomum havia acontecido comigo.

Como assim?, perguntou ela.

Quando me perco em uma história improvável, imaginando-a ou contando-a, sinto que algo horrível aconteceu comigo e que não suporto pensar nisso. Espere um minuto, disse eu, pensando nisso pela primeira vez, você acha que foi assim que as narrativas surgiram? Que as histórias são apenas uma maneira de mascarar a verdade?

Ela pareceu em dúvida.

Com o tempo, passei a confiar em Raye. Um dia, quando cheguei para a consulta, encontrei-a com as bochechas inchadas como um esquilo. Sua pele estava pálida, e ela tinha uma aparência horrível.

O que houve?, perguntei.

Ela fez uma careta. Mutilação gengival, respondeu ela, com os lábios franzidos.

Mais tarde, quando conseguiu falar com mais clareza, ela me contou como a incomodava que o tipo de dor que eu devia ter sofrido durante a circuncisão fosse uma dor que ela mal podia imaginar; e assim, quando seu dentista lhe disse que ela tinha vários bolsões de gengivite em uma boca que, à exceção disso, era saudável, ela teve as gengivas dobradas para baixo como meias em torno dos dentes, as bordas cortadas e o interior raspado, depois do que foram costuradas novamente, apertadas, em torno das raízes dos dentes.

Não pude evitar um estremecimento involuntário de desgosto.

Mas é claro que fui anestesiada, disse ela, ainda falando como se suas gengivas estivessem costuradas. E é claro que, em alguns dias, estarei melhor do que antes.

Mas você obviamente está com dor agora, disse eu.

Sim, admitiu ela. Mal consigo suportar, quanto menos falar. Não é surpresa que fazer amor com alguém seja a última coisa na qual penso. Ela riu. E foi só na minha boca!

Você não deveria ter feito isso, disse eu friamente. Foi estúpido da sua parte.

Mas ela se limitou a rir, fazendo uma careta dolorosa. Não fique aborrecida porque o fato de eu ter escolhido esse tipo de dor parece um esforço patético, disse ela. Na América, é o melhor que posso fazer. Além disso, me dá uma vaga ideia. *E* era algo que eu teria que fazer de qualquer maneira.

Fiquei com raiva porque fui tocada. Percebi que, embora Raye tivesse deixado a África centenas de anos antes, nas pessoas de seus ancestrais, e estudado nas melhores escolas dos brancos, ela estava praticando intuitivamente uma magia ancestral, cuja base era a ritualização, ou a prática, da capacidade de empatia. Como o teatro havia nascido? Minha psicóloga era uma bruxa, não do tipo cheio de verrugas, como aquelas de que as crianças americanas se fantasiam no Halloween, mas uma descendente espiritual das antigas feiticeiras que ensinavam nossos curandeiros e eram famosas por sua habilidade compassiva. De repente, sob essa luz, Raye se tornou uma pessoa que eu sentia que conhecia; uma pessoa com quem eu podia me identificar.

Em meu coração, agradeci a Mzee por Raye, pois acreditava que ela seria corajosa o suficiente para me acompanhar aonde ele não poderia. E que faria isso.

PIERRE

Era uma tarde chuvosa de dezembro e estávamos sentados perto da lareira, lendo. Minha mãe estava sentada; eu estava deitado no sofá em frente a ela. Mais cedo naquela manhã, ela havia permitido que eu dormisse até tarde, faltando à escola, levara seus presentes para mim e os espalhara no pé da minha cama. Todos os anos, desde o meu nascimento, ela tricotava um suéter para mim. A cada ano, eu via a peça de tricô crescer entre suas agulhas cintilantes; a cada ano, ficava encantado com o resultado. Este ano, como em todos os outros, ela havia se superado. O suéter novo me envolvia em ouro e chocolate; perto do centro do peito, logo acima do coração, havia a cabeça de um espírito rupestre em um verde-musgo vivo.

Eu estava lendo um livro de Langston Hughes, o encantador risonho cuja melancolia quase se escondia no descuido de sua prosa. Já havia devorado vários romances de James Baldwin, o gênio guerrilheiro homossexual que conheci quando ele foi fazer uma palestra em nossa escola, e dois volumes de ensaios de Richard Wright, o atormentado defensor da assimilação e grande amante da França. Esses homens, "tios" por parte do meu pai, seriam meus guias em minha jornada americana. Olhei de soslaio para minha mãe, esperando encontrá-la absorta em sua leitura, ou olhando pensativa para o fogo, mas me deparei com seus olhos castanhos e acolhedores fixos em mim.

Eu estava pensando agora..., disse ela. Já se passaram dezesseis anos desde que você nasceu. Não consigo acreditar.

Tudo isso?, disse eu, sorrindo para ela.

Seus cabelos castanhos estavam mais grisalhos do que eu havia reparado, e seu rosto parecia mais magro do que o normal, e mais pálido. Suspirei com um contentamento de filho único mimado e pensei em como eu tinha sorte. Sentia a maior segurança possível com minha mãe. Como ela costumava dizer, nossos corações batiam em uníssono desde antes do meu nascimento. Não importava quem mais *não* estivesse na minha vida, minha mãe sempre esteve lá: lendo, tricotando, preparando suas aulas no *lycée*. Era verdade que estava começando a me sentir pronto para me separar dela, mas suavemente, como uma fruta que cai da árvore. Mais um ano de escola, de Paris, e eu iria embora.

Se você for para a América, disse ela — como se eu pudesse não ir depois de todos os nossos anos de planejamento —, passar um tempo com seu pai, tem uma coisa que precisa saber.

O quê?, perguntei.

Nada particularmente importante, talvez. Mas ele não vai se lembrar. E eu me lembro.

Quanto mistério, disse eu.

Mistério nenhum!, exclamou ela. É só que me dei conta, ao lidar com seu pai, de que os homens se recusam a se lembrar das coisas que não acontecem com eles.

Tomado pelas palavras apaixonadas de Baldwin, Hughes e Wright, que ressoavam em meu coração como se já estivessem inscritas ali, inclinei-me para a frente para protestar. Minha mãe estendeu a mão e cobriu meus lábios.

Desde que me lembro, meu pai vinha visitar minha mãe e eu uma vez no outono e uma vez na primavera; cada visita durava duas semanas. Ele nunca vinha no meu aniversário, porque vir nessa data perturbaria seriamente sua esposa. Toda vez que vinha, ele me mostrava fotografias de seu outro filho, Benny, e pelo menos uma fotografia de sua esposa, Evelyn, ou, como ele às vezes a chamava, Tashi. Benny era quase três anos mais velho que eu, com uma pele acetinada cor de bronze e um sorriso doce e hesitante. Sempre que via uma nova foto sua, eu me perguntava se ele iria gostar de mim. Se poderíamos ser amigos. Meu pai uma vez me disse que Benny não era tão "rápido" quanto eu. Isso me agradou muito, embora eu não tivesse conseguido perguntar a ele o que poderia significar a falta de uma "rapidez" como a minha.

Minha mãe começou a me contar como havia conhecido meu pai, anos antes, na África. Eu já tinha ouvido essa história. Assenti com complacência enquanto ela falava sobre as horas que havia passado com meu pai na choupana do Velho Torabe, enquanto ele esperava a morte. Mas logo percebi que minha mãe estava acrescentando um toque mais adulto do que o normal à história.

Você precisa entender, disse ela, que havia uma razão para o Velho Torabe morar sozinho, bem longe da aldeia, e para nenhum dos aldeões ir cuidar dele. Seu pai certamente não gostava de fazer isso; foi seu avô Samuel quem o encarregou dessa tarefa.

Minha mãe descruzou as pernas, pressionou as palmas das mãos contra os braços da poltrona para esticar as costas e olhou de mim para o fogo, que logo precisaria de mais lenha.

Na juventude, Torabe tivera muitas esposas. Algumas delas morreram. No parto. De infecções. Uma morreu de picada de cobra. Em todo caso — e isso foi algo que ouvi de Adam, que gostava de contar as "bênçãos negativas" do velho, como ele as chamava —, por fim Torabe se casou com uma jovem que fugiu dele e não pôde ser trazida de volta. Ele era famoso por rastrear e trazer de volta suas esposas fugitivas. Mas essa preferiu se afogar, em água que nem chegava aos joelhos, a voltar para ele.

Ela havia procurado os pais e perguntara como eles esperavam que suportasse aquele tormento: ele a havia cortado com uma faca de caça na noite de núpcias e não lhe dera oportunidade de se curar. Ela o odiava. Os pais ficaram sem resposta. O pai instruiu a mãe a convencê-la de seu dever. Como era esposa de Torabe, seu lugar era ao lado dele, a mãe lhe dissera. A jovem explicou que sangrava. A mãe lhe disse que ia parar: que quando ela mesma fora cortada, havia sangrado por um ano. Também havia chorado e fugido. Nunca fora além do território dos homens que a devolveram à sua tribo. Desistira e suportara. Agora a mãe vivia à sombra do pai da menina, um homem que ela desprezava, esperando a morte, mas, enquanto isso, ansiava por netos, que esperava que a filha fugitiva lhe proporcionasse. Não há nada melhor no mundo para beijar do que crianças pequenas, disse a mãe, desviando o olhar para não ver as lágrimas da filha.

Torabe foi expulso da aldeia porque perdeu o controle sobre a esposa, algo muito ruim naquela sociedade, porque ameaçava o tecido da teia da vida. Pelo menos a teia da vida que os aldeões conheciam. Morreu desertado, imundo e maltrapilho. A família da menina também foi expulsa da aldeia, e a própria menina foi tirada do rio e seu cadáver foi deixado ao relento para apodrecer, servindo de alimento para abutres e roedores.

Agora, disse minha mãe, levantando-se para colocar um pedaço de lenha na lareira, seu pai sempre menciona o fato de que ele e eu tivemos uma conversa "animada" na choupana de Torabe, enquanto ele lavava o velho com relutância, mas nunca se lembra sobre o que falamos.

Foi, disse minha mãe, sobre uma jovem na Argélia que trabalhava para nós e que quase sofreu o mesmo destino que a esposa de Torabe. Foi sobre como, por fim, tomei consciência da conexão entre mutilação e escravidão que está na raiz da opressão das mulheres no mundo. O nome dela era Ayisha, e ela veio correndo até nós uma noite, gritando de horror depois de ver a seleção de instrumentos pequenos e afiados que a mãe, ansiosa, havia disposto sob um guardanapo em uma almofada baixa ao lado do leito nupcial.

Minha mãe estremeceu de repente, como se tivesse assistido a uma cena assustadora. Está em todos os filmes que aterrorizam as mulheres, disse ela, só que mascarado. O homem que invade. O homem com a faca. Bem, disse ela, ele já veio. Ela suspirou. Mas aquelas de nós cujo cinto de castidade foi feito de couro, ou de seda e diamantes, ou de medo e não da nossa própria carne... nós tememos. Somos o público perfeito, hipnotizadas pelo nosso conhecimento inconsciente do que os homens, com a colaboração de nossas mães, fazem conosco.

Depois de uma longa pausa, ela disse: Esse episódio com Ayisha, que foi devolvida à sua família, que a espancou por fugir — na verdade nunca soubemos o que aconteceu com ela —, está na raiz da minha recusa em me casar; embora na França não haja instrumentos de tortura ao lado da cama.

E o Marquês de Sade?, perguntei.

Felizmente, apenas um homem, disse ela, e felizmente não deste século. Ela riu. E felizmente não ao lado da *minha* cama.

Talvez, disse eu. Mas sua brutalidade com as mulheres decerto está alojada na consciência coletiva dos franceses? Assim como a vivacidade de Rabelais, a sagacidade de Molière?

Talvez, murmurou ela, e pareceu absorta enquanto olhava para o fogo.

PARTE IX

EVELYN

Eu não tinha nenhum escrúpulo em abrir cartas que chegavam de Lisette para Adam, cartas que às vezes continham cópias de cartas que ela recebera de seu tio Mzee mencionando meu caso; ou mesmo, às vezes, cópias de cartas do próprio Adam; aparentemente, ela precisa refrescar a memória dele com frequência a respeito de uma coisa ou outra. De vez em quando, havia uma página copiada de seu diário, na qual ela se mostrava satisfeita e segura de si: autônoma de uma maneira que eu não conseguia me imaginar sendo. De tempos em tempos, ela também tinha a audácia de dirigir uma carta a mim. Essas cartas sempre soavam como se ela estivesse tateando em meio a um nevoeiro. Eu as pisoteava. Lia rotineiramente, e sem pressa, aquelas que Adam deixava abertas no fundo da gaveta de sua escrivaninha, de cuja chave havia tempos eu fizera uma cópia. Foi por intermédio de uma das cartas que fiquei sabendo que seu filho, Pierre, estava vindo para a América.

Depois de me informar que estava indo a um congresso de *religieux* progressistas, Adam voou para Boston para encontrá-lo e passou uma semana fora, ajudando Pierre a se instalar em sua nova vida em Cambridge e Harvard. O menino ainda estava longe, do outro lado do continente, então não me preocupei. Ele permaneceu em Cambridge por três anos.

Foi por intermédio de suas cartas que fiquei sabendo da doença de Lisette. Diagnosticada primeiro como estresse causado por seu ativismo político: ela era ativa no movimento contra as usinas nucleares francesas, que, escreveu, pontilhavam como perigosas *pustules* o interior rural outrora intocado; posteriormente diagnosticada como uma úlcera estomacal. Depois como uma hérnia. Então, por fim, como câncer de estômago. Ela pediu a Adam que permitisse que Pierre morasse com ele e frequentasse Berkeley depois de sua morte. Adam pareceu concordar; recusei-me a deixar que ele tocasse no assunto comigo.

Foi durante um período em que eu não conseguia comer e estava magra como um espantalho; minhas roupas ficavam folgadas, e eu não usava nada além de preto. Na semana anterior, Adam me apresentou a uma pessoa que disse, com uma risadinha: "Ah, Adam e *Evelyn*, Adão e Eva. Que fofo!" E eu lhe dei uma bofetada.

Sentia a violência crescendo em mim a cada encontro com o mundo fora de casa. Mesmo dentro de casa, com frequência e por motivos fúteis, motivo *nenhum*, eu dava tapas nas orelhas de Benny. Se o fizesse gritar e se encolher e olhar para mim com os olhos tomados de amor e incompreensão, imaginava que me sentiria aliviada.

Eu estava olhando para a rua quando o táxi chegou. Um táxi que mais parecia um desenho infantil, quadrado e amarelo vivo. O tipo de táxi com o qual o mundo espera que todos os táxis americanos se pareçam. Vislumbrei a cabeça encaracolada de Pierre antes de ele sair, quando se inclinou para a frente para pagar o motorista. Ele era magro e baixo, como se ainda fosse uma criança. Observei os dois, conversando como velhos amigos, dando a volta até o porta-malas para tirar a bagagem.

Ainda conversando, não perceberam o espectro sombrio que pairava perto deles: primeiro até a porta, depois até a varanda, depois pelos degraus, parando ao lado de uma grande pilha de pedras que eu começara a coletar no mesmo dia em que soubera do nascimento de Pierre. Grandes pedras oblongas da beira da estrada; pesadas pedras planas da margem do rio; pedras de xisto afiadas e irregulares do campo.

Depois que agradeceu ao motorista e se virou para a casa, Pierre me viu e sorriu. Uma grande pedra angular, cinzenta como o luto, atingiu-o logo acima dos dentes. O sangue jorrou de seu nariz. Comecei a atirar as pedras como se, tal qual Kali, tivesse uma dúzia de braços, ou como se meus braços fossem uma catapulta múltipla ou um moinho de vento. Pedras atingiram Pierre e o táxi, que começou a se afastar, mas parou bruscamente quando o motorista percebeu que Pierre estava sendo atacado e caíra de joelhos. Eu não desisti e me aproximei, com os braços cheios de pedras. Pierre começou a falar em francês, o que me enfureceu. Larguei as pedras para tapar os ouvidos com as palmas das mãos. Durante essa pausa no ataque, o taxista correu até ele, agarrou-o pelos braços e o arrastou para fora do meu campo de visão.

Comecei a rir, enquanto o táxi desaparecia na rua. Em sua pressa covarde, esqueceram a bagagem de Pierre. As malas marrons ficaram, importunas e irrevogáveis, onde ele as havia deixado; mais bagagem pesada para eu levantar e de alguma forma carregar. Não faria isso. Me precipitei para a frente, batendo os braços e gritando roucamente como um corvo, e as chutei para a rua.

PARTE X

EVELYN

A viagem de ônibus saindo da estação de Ombere foi longa. Estradas esburacadas. Poeira por toda parte. A cada vinte e cinco quilômetros, mais ou menos, parávamos para usar as instalações à beira da estrada, que não se pareciam em nada com as da América, eram inteiramente improvisadas. Buracos fedorentos no chão, de ambos os lados dos quais alguma pessoa com visão de futuro havia pregado uma tábua. Nessas tábuas, inevitavelmente salpicadas de urina, colocavam-se os pés.

Uma semana antes, eu não imaginava que M'Lissa ainda estivesse viva. Mas sim, de acordo com uma *Newsweek* de um ano antes, que eu tinha lido na sala de espera do Waverly, ela não só estava viva, mas também era uma espécie de monumento nacional. Havia sido homenageada pelo governo de Olinka por seu papel durante as guerras de libertação, quando atuara como enfermeira com a mesma dedicação a seus pacientes que Florence Nightingale, e por sua defesa inabalável dos antigos costumes e tradições de seu povo. Nenhuma menção foi feita a como ela cumprira essas obrigações. Havia sido condecorada, "recebera honrarias", dizia a revista; tirada de sua choupana obscura, onde estava morrendo em uma esteira de palha imunda, e levada para um chalé espaçoso nos arredores de uma cidade próxima, onde estaria a curta distância de um hospital, caso surgisse a necessidade.

Depois de ser transferida de sua choupana escura para a luz do sol que inundava sua nova casa — com água corrente e um banheiro interno, ambos milagres para a sortuda M'Lissa —, uma notável mudança ocorrera. M'Lissa havia parado de dar sinais de morte, parara de envelhecer e começara a vicejar. "Rejuvenescer", como dizia o artigo. Uma enfermeira local, especialista em geriatria, cuidava dela; um cozinheiro e um jardineiro completavam a equipe. M'Lissa, que não caminhava havia mais de um ano, voltou a andar, apoiada em uma bengala que o próprio presidente lhe dera, e gostava de cambalear por seu jardim. Adorava comer e mantinha o cozinheiro ocupado preparando pratos especiais de *curry* de cordeiro, arroz de passas e mousse de chocolate, seus favoritos. No jardim, havia uma mangueira; na verdade, a fotografia a mostrava sentada embaixo da árvore; ficava ali, feliz e contente, dia após dia, quando era época da colheita, se empanturrando.

Na fotografia, M'Lissa exibia um grande sorriso, os dentes novos e brilhantes; até seu cabelo tinha voltado a crescer e formava uma auréola branca ao redor da cabeça de um marrom profundo.

Havia algo sinistro em seu aspecto, no entanto; mas talvez eu fosse a única que estivesse atenta a isso. Embora sua boca sorrisse, assim como as bochechas encovadas e o nariz comprido, a testa enrugada e o pescoço magro, seus olhos redondos não sorriam. Ao olhar para eles, de súbito completamente frios, me dei conta de que nunca haviam sorrido.

Como pude confiar meu corpo a essa louca?

TASHI-EVELYN

Uma bandeira tremulava sobre sua casa, o vermelho, o amarelo e o azul vívidos contra o pálido céu arroxeado do meio-dia. Eu não era sua única visitante; havia carros no minúsculo estacionamento ao lado, cuidadosamente separado da casa por uma buganvília cor-de-rosa, e um ônibus de turismo parado na rua. Os passageiros não tinham autorização para desembarcar, e estavam ocupados tirando fotos do chalé das janelas do ônibus. Deixei meu carro alugado fora da vista da casa e, quando subi os degraus vermelhos que levavam à varanda e olhei para trás, fiquei surpresa ao constatar que ele havia desaparecido. Mas não ver o veículo no qual eu havia chegado parecia certo, constatei depois de um momento de reflexão, pois reforçava uma sensação que começara enquanto eu atravessava a vastidão do campo: de que havia voado diretamente, como se fosse um pássaro, da minha casa para a dela, e que isso fora realizado por meio da transmissão direta do pensamento: uma viagem mágica.

Fui recebida na varanda por uma jovem que não havia sido mencionada no artigo da *Newsweek*: esbelta, com a pele lisa e escura e olhos radiantes, tão linda e fresca quanto uma flor recém-cortada. Expliquei que conhecera M'Lissa toda a vida; que ela tinha me trazido ao mundo, pois era uma grande amiga de minha mãe e, na verdade, mãe de toda a aldeia. Expliquei que tinha vindo da América, onde morava agora, embora fosse Olinka de nascimento, e que esperava poder falar com M'Lissa, quem sabe depois que seus outros convidados tivessem ido embora.

Qual é o seu nome?, perguntou ela baixinho.

Diga-lhe que é Tashi, filha de Catherine, não, filha de *Nafa*, que foi para a América com o filho do missionário.

Ela se virou. Por hábito, olhei para seus pés. Enquanto se afastava, vi que ela tinha o andar deslizante de uma moça Olinka "digna".

Alguns minutos depois, todos os convidados de M'Lissa saíram da casa, como se tivessem sido enxotados por sua bengala, me examinando com curiosidade enquanto passavam. Devem ter pensado que eu era uma importante dignitária. Quando os motores dos carros foram ligados, quebrando o silêncio, a jovem voltou.

Pode entrar, disse ela, com um sorriso.

Qual é o *seu* nome?, perguntei.

Marta, respondeu ela.

E seu outro nome?

Mbati, disse ela, com um brilho nos olhos.

Mbati, por que as pessoas vêm aqui?

A pergunta a surpreendeu. Mãe Lissa é um monumento nacional, disse ela. Reconhecida como heroína por todas as facções do governo, incluindo a Frente de Libertação Nacional. Ela é famosa, finalizou, dando de ombros e olhando para mim como se estivesse intrigada por eu não saber.

Sei disso, respondi. Li na *Newsweek*.

Ah, sim, a *Newsweek*, disse ela.

Mas sobre o que eles falam com ela?

Sobre suas filhas. Sobre os velhos costumes. Sobre nossas tradições. Ela fez uma pausa. A maioria dos que vêm aqui são mulheres. Você deve ter notado isso pelas pessoas que acabaram de sair. Mulheres de uma certa idade. Mulheres com filhas. Mulheres assustadas, muitas vezes. Ela as tranquiliza.

Ah, é?, disse eu.

Sim. Ela é tão sábia e diz coisas tão bizarras. Você sabia que Mamãe Lissa afirma que houve um tempo em que as mulheres não menstruavam! Ah, diz ela, podia haver uma única gota de sangue, mas apenas uma! Ela diz que isso foi antes de a mulher ser capturada.

Não pude deixar de rir, como Mbati estava fazendo.

Ela só fica sentada e fala; é o centro das atenções. Pouco importa o que diz. Já deve ter uns cem anos; todos querem ter estado em sua presença antes que ela morra. Muitas coisas, como você sabe, desmoronaram por aqui: a independência está nos matando tanto quanto o colonialismo. Mas isso, acrescentou ela com um suspiro, provavelmente é porque não é independência de fato.

Mbati pega minha mão e me puxa lentamente com ela, ainda falando baixinho. Ela é um vínculo com o passado para nós; sobretudo para nós, mulheres, diz. É a única mulher que foi homenageada dessa forma pelo governo; um ícone.

Como é possível, penso, enquanto Mbati me conduz pelo corredor reluzente e me empurra para o quarto de M'Lissa e em direção a uma cama branca como a neve, que minha mãe tenha vivido e morrido; que Mzee tenha vivido e morrido; que a francesa Lisette tenha vivido e morrido; que eu mesma tenha vivido e morrido — dentro e fora do Waverly, dentro e fora da sanidade — muitas vezes. Guerras mundiais foram travadas e perdidas; pois toda guerra é contra o mundo, e toda guerra contra o mundo está perdida de antemão. Mas eis que ali está M'Lissa, recostada como uma rainha em sua cama de neve, a janela aberta ao lado dando para um jardim perfumado, e, ao longe, erguendo-se acima do jardim, uma montanha azul. Ela está radiante, e sua testa, seu nariz, seus lábios, dentes e bochechas sorriem para mim. Eu me inclino para beijar o topo de sua cabeça, seus cabelos brancos uma escova resistente contra meus lábios. Pego sua mão, que parece uma pena, e fico um momento olhando para ela. Todo o seu corpo sorri para me dar as boas-vindas; exceto pelos olhos. Eles estão cautelosos e alertas. Eu achava que a visão das pessoas ia piorando à medida que envelheciam. Mas não, ela me vê com clareza. Seu olhar é como um raio X. Mas o meu também é, agora. O que é essa sombra, lá nas profundezas? Será apreensão? Será medo?

PARTE XI

EVELYN

Mbati se senta no banco das testemunhas. Ela não usa maquiagem nem joias e seus cabelos estão curtos e ao natural. Há uma simplicidade nela que dá a toda a sala do tribunal um toque de dignidade. Quando ela fala, sua personalidade discreta e calorosa acalma a corte, ainda que o ruído rouco dos ventiladores de teto se torne mais irritante do que nunca. Ela é a filha que eu deveria ter tido. Talvez pudesse ter tido, se não a tivesse abortado por medo.

Flutuo até a cadeira da testemunha e pairo no ar, uma grande libélula, na frente dela. Estendo o braço e pego sua mão macia na minha. Seus olhos se arregalam: de surpresa e alegria. Venha, digo a ela, sorrindo, eu sou sua mãe. Se pegar minha mão diante de todas essas pessoas, todos esses juízes, todos esses policiais, guardas prisionais e espectadores curiosos, vai descobrir que nós duas podemos voar. Sério?, pergunta ela, colocando a outra mão também na minha. Eu a puxo gentilmente e ela deixa seu assento e flutua ao meu lado por sobre o parapeito da tribuna, sobre as mesas dos advogados, sobre as cabeças do tribunal lotado... saindo pela porta em direção ao céu. Somos mais leves que o ar, mais leves que a penugem do cardo. Mãe e filha rumo ao sol.

Não, eu não suspeitei de nada, ela está dizendo quando flutuo de volta para mim mesma, sentando na cadeira dura ao lado do meu advogado.

Elas eram velhas amigas. Mãe Lissa a conhecia. Ficou feliz em vê--la. Na verdade, eu nunca a tinha visto tão animada. Elas precisavam conversar. Precisavam ficar sozinhas. Mãe Lissa insistiu.

E então você deixou seu posto. Deixou a cabeceira da *Mãe* Lissa. Deixou até mesmo a casa, diz o advogado em tom acusatório.

Minha filha abaixa a cabeça. Mas rapidamente ergue o olhar outra vez. Há aquele brilho saudável e travesso que às vezes ela tem nos olhos.

Ela vira o rosto para os juízes. Meritíssimos, diz com firmeza, deixei o local.

Todos eles ignoram essa centelha de vida. Essa autenticidade simples. Essa beleza.

Protesto, diz o outro advogado. (Não consigo mais distingui-los; a única maneira de saber qual dos dois é o meu advogado é observando qual deles se senta ao meu lado e pelo seu cheiro: sua colônia é um perfume popular na América.) O comportamento perverso da ré não é algo que a testemunha pudesse saber de antemão.

Não desconfiou de nada?, insiste o advogado.

A menina parece aflita. Eu sinto muito por ela. Como eles podiam imaginar que ela tinha alguma culpa naquilo? Fui eu quem afastou Mbati de seu posto; fui eu quem disse a M'Lissa: Mamãe Lissa, dê um descanso para a menina. Sua outra filha veio da América só para cuidar de você! Já que voltar para cuidar dos idosos era uma característica tão forte das antigas tradições, como ela poderia recusar?

Ah, M'Lissa dissera, é muita felicidade. Muita! Ver a filha de Nafa aqui, bem ao lado da minha cama. Ah, com certeza isso vai me matar!

Achei isso algo estranho de dizer.

Qual foi sua impressão a respeito da ré?, pergunta o promotor.

Há uma longa pausa. Maternal, responde Mbati.

O jovem homem fica surpreso. O quê, está implícito em seu olhar, esse demônio, *maternal*!

Sim, Mbati continua com a voz decidida. Perdi minha mãe quando era criança, mas mesmo assim nunca acreditei que ela estivesse morta. Quando a Sra. Johnson apareceu na porta...

Lembranças de infância são irrelevantes para este tribunal, diz o advogado, interrompendo-a. Embora certamente a reação humana tivesse sido deixá-la terminar; mesmo que se sentisse incapaz de fazer a pergunta: Como sua mãe morreu? É uma pergunta tabu em Olinka. Uma que ninguém nunca fazia por medo da resposta.

Mbati fica em silêncio, mas me encara sem desviar o olhar. Vejo que ela não me condenou.

EVELYN

Sinto pena de Adam, fisicamente forte, emocionalmente frágil; gotas de suor brotando no lábio superior. É difícil acreditar que esse velho de cabelos e barba grisalhos é meu marido e meu melhor amigo há mais de cinquenta anos. E que foi meu amante.

Ele parece condenado apenas por estar presente no tribunal lotado. Olha desconsolado para os ventiladores de teto recentemente lubrificados, girando lentamente, ou pelas janelas abertas, esperando os golpes e esquivas das perguntas dos advogados.

Eu me lembro de quando seu corpo era esbelto e firme, e de como eu costumava beijá-lo de mamilo a mamilo por toda a extensão lisa de seu lindo peito.

Ele está dizendo que sou uma mulher torturada. Alguém cuja vida inteira foi arruinada pela realização de um ritual em meu corpo que eu não estava preparada para compreender.

Assim que ele pronuncia a palavra "ritual", há um furor no tribunal. Vozes masculinas e vozes femininas, pedindo que Adam seja impedido de falar. Cale a boca, cale a boca, seu americano maldito!, gritam as vozes. Isso que você expõe é assunto nosso! Não podemos discutir publicamente esse tabu.

Adam parece exausto. Prestes a chorar.

Mãe Lissa era um monumento!, sibilam as vozes. Sua mulher assassinou um monumento. A avó da nossa raça!

Eu sinto as fúrias, as vozes estridentes, enrolando seus tentáculos em torno do meu pescoço. Mas em vez de sucumbir ao estrangulamento, eu me torno parte dos gritos e me elevo do meu próprio pescoço como se fosse o vento. Eu sopro e sopro pelo tribunal, em um crescente até a explosão.

Os juízes pedem ordem, diversas vezes. As outras fúrias e eu nos acalmamos. A ordem por fim é restaurada.

Penso em como nunca conheci Lisette. Em como ela tentou me conhecer. Tentou me visitar. Escreveu-me cartas. Tentou fazer com que me interessasse pela culinária francesa — enviou-me livros e receitas. Mandou-me recortes de jornal sobre cogumelos selvagens e onde encontrá-los. (Nada disso ajuda, eu costumava murmurar para mim mesma enquanto me olhava no espelho e mostrava a língua.) Me mandou o filho dela. E como eu a repeli. Como eu achava que ela me conhecia muito bem.

E então, de repente, depois de uma longa e dolorosa luta, ela morreu. Deixando para Pierre seus olhos — pois os olhos dele não são de Adam —, e foram esses olhos conhecedores, com seu olhar perscrutador, que de tão longe, do dormitório de graduação em Harvard, enxergaram dentro de mim. Até dentro dos meus sonhos.

Chère Madame Johnson, escreveu ele. Espero que não rasgue esta carta antes de lê-la. (Nesse momento, é claro, rasguei-a ao meio, depois juntei os pedaços para continuar lendo.) Durante toda a minha vida ouvi falar da torre que a aterroriza em seus sonhos. Essa questão da torre obcecou minha mãe desde o dia em que ouviu falar dela, e ela leu muitos livros tentando descobrir o que poderia significar. Foi uma busca incansável da qual participei desde pequeno. No fundo da minha mente sempre pairou esse seu pesadelo envolvente, contado apenas uma vez para minha mãe por meu pai, mas contado de forma tão vívida que nossa casa nunca mais esteve livre dele por completo.

Pois, como nós dois entendíamos, esse pesadelo, esse seu *cauchemar*, de estar aprisionada em uma torre escura, era o que mantinha meu pai longe de mim.

Madame, agora sei o que é a torre, embora talvez não o que ela significa.

Como sabe, agora estou em Berkeley, que, afinal, não fica tão longe de sua casa.

Será que pode não atirar pedras?

Podemos nos encontrar?

Pierre Johnson

ADAM

Eles não querem ouvir sobre o sofrimento de suas filhas. Tornaram o próprio ato de falar sobre o sofrimento um tabu. Como os sinais visíveis da menstruação. Sinais dos poderes psíquicos da mulher. Sinais da fraqueza e da insegurança dos homens. Quando dizem a palavra "tabu", eu tento ler seus olhares. Estão dizendo que algo é "sagrado" e, portanto, não deve ser examinado publicamente por medo de perturbar o mistério; ou estão dizendo que é tão profano que não deve ser exposto, por medo de corromper os jovens? Ou estão dizendo simplesmente que não podem e se recusam a ouvir o que é dito sobre uma tradição da qual fazem parte e que perdura, até onde sabem, desde sempre?

Esses é o tipo de pergunta que meu pai me ensinou a fazer, infelizmente. Adam, dizia ele: Qual é a pergunta fundamental que se deve fazer ao mundo? Eu pensava a respeito e cogitava muitas coisas, mas a resposta era sempre a mesma: *Por que a criança está chorando?* Havia uma criança chorando até no Velho Torabe, cuja sujeira, cuja velhice e cuja doença me enojavam tanto. Antes de ele morrer, eu vi. Ele não amara a maioria de suas esposas; na verdade, nem mesmo as odiava; pensava nelas apenas como servas da forma mais descartável possível. Mal se lembrava de como se chamavam. Mas a jovem que fugiu, a esposa que se afogou, ele pelo menos pensou que amava. Infelizmente, para ele, "amor" e relações sexuais frequentes e forçadas eram uma coisa só. E assim ele ficou, no fim, ferido e molhado por suas próprias lágrimas, lamentando a própria vida, mas sem conhecer nenhuma outra. As mulheres são indestrutíveis lá embaixo, você sabe, ele me disse, lascivamente, mais de uma vez, os olhos brilhando com a lembrança da luxúria e da violência. Elas são como couro: quanto mais você mastiga, mais macio fica.

Se todos os homens neste tribunal tivessem o pênis removido, como seria? Será que compreenderiam melhor que essa condição é semelhante à de todas as mulheres nesta sala? Que, enquanto estamos sentados aqui, as mulheres estão sofrendo com as constrições não naturais da carne depois de terem tido o corpo cortado e remodelado? Não apenas Evelyn. Mas também a jovem da papelaria; a velha que vende laranjas. As mulheres burguesas em seus trajes elegantes, abanando-se e aplicando pó no nariz por causa da umidade. As pobres mulheres de pé, espremidas contra as portas dos fundos. A bela e filial Mbati.

Como é desolador pensar que ninguém neste tribunal jamais as ouviu. Vejo cada uma delas como a criancinha com a qual meu pai sempre se preocupou, gritando de terror incessantemente em seu próprio ouvido.

Estamos cientes, diz o promotor, de que a Sra. Johnson, embora seja Olinka, vive na América há muitos anos, e que a vida nos Estados Unidos, para as pessoas negras, é em si uma tortura.

Eu olho para ele, perplexo.

Não é verdade, Sr. Johnson, que nos Estados Unidos, com o tratamento hostil dos brancos, sua esposa já foi internada diversas vezes em um manicômio?

Minha esposa está *machucada*, digo. *Ferida. Destroçada.* Não louca.

Evelyn ri. Jogando a cabeça para trás em um desafio deliberado. A risada é curta. Aguda. O latido de um cão. Além da dor. Inegavelmente insana. Estranhamente livre.

EVELYN-TASHI

Todos eles tirariam a América de mim se pudessem. Mas não vou permitir. Se for preciso, eu me colocarei no caminho deles. Assim como fiz com Amy. Como você fica no caminho de uma pessoa? Recusando-se a acreditar nela.

ADAM

Mulher após mulher vem até mim para reclamar que o marido, homem, amante, é ou foi infiel a ela, diz a nova médica de Tashi, Raye, quando temos uma consulta. O resultado, nove em cada dez vezes, é frigidez na mulher. Circuncisão psicológica?, pergunta ela, pensativa.

Digo a ela que não sei. Nunca me ocorreu pensar no sofrimento de Tashi como algo que fazia parte de um *continuum* de dor. Eu tinha pensado no que havia sido feito a ela como algo único, definitivo.

Parte XII

TASHI-EVELYN

"O Deus Amma, ao que parece, pegou um pedaço de argila, apertou-o na mão e o atirou longe, como havia feito com as estrelas. A argila se espalhou e caiu no norte, que é o topo, e dali se estendeu para o sul, que é o fundo do mundo, embora todo o movimento tenha sido horizontal. A Terra é plana, mas o norte está no topo. Estende-se a leste e oeste com os membros separados como um feto no útero. É um corpo, isto é, uma coisa com membros que se ramificam de uma massa central. Esse corpo, deitado de barriga para cima, em uma linha de norte a sul, é feminino. Seu órgão sexual é um formigueiro, e seu clitóris é uma colônia de cupins. Amma, solitário e desejoso de ter relações sexuais com essa criatura, aproximou-se dela. Assim ocorreu a primeira quebra da ordem do universo...

"À aproximação do Deus, o cupinzeiro se ergueu, barrando a passagem e exibindo sua masculinidade. Era tão forte quanto o órgão do estranho, e a relação sexual não podia acontecer. Mas Deus é todo-

-poderoso. Ele decepou o cupinzeiro e teve relações sexuais com a terra circuncidada. Mas o incidente original estava destinado a alterar o curso das coisas para sempre…"

Enquanto Pierre lê, examino seu rosto e procuro sinais de Adam, sinais de Lisette. Ele parece uma pessoa completamente misturada e, como tal, nova. Nele, o "negro" desapareceu; assim como o "branco". Seus olhos são castanho-escuros e saturados de luz; sua testa é alta e marrom-dourada; o nariz largo, um pouco achatado. Ele me disse que gosta tanto de homens quanto de mulheres, o que provavelmente é natural, diz ele, já que é descendente de dois sexos e de duas raças. Ninguém fica surpreso por ele ser birracial; por que deveriam se surpreender com o fato de ele ser bissexual? É uma explicação que nunca ouvi e que não consigo compreender inteiramente; parece lógica demais para o meu cérebro. O irmão está sentado à sua frente enquanto ele lê, imerso em admiração. Eles passam muitas horas juntos, perambulando pelo campus de Berkeley e pelas ruas da cidade, felizes por terem encontrado um no outro o melhor amigo.

Agora ele para de ler, abruptamente, e olha para mim. Isso é de um livro de um antropólogo francês, Marcel Griaule, diz ele, virando-o para que eu possa ver a capa laranja e ler o título, *Conversations with Ogotemmêli*. Estou sob a influência de uma droga nova, leve e bastante agradável. É como se eu tivesse fumado maconha. Não compreendi o significado da passagem, que Pierre leu para mim com tanta seriedade; tampouco compreendo por completo como é que ele está sentado na minha sala lendo para mim esse livro estranho. Será que parei de odiá-lo? Olho para Benny, que parece tão feliz, depois para o meu colo. Meus olhos ardem como acontece quando estou sob o efeito de medicamentos; fechá-los traz alívio. Pierre lê como se eu estivesse ouvindo: "Deus teve mais relações sexuais com sua esposa-terra, e dessa vez sem nenhum contratempo, pois a mutilação do membro removeu a causa do distúrbio anterior." Eu o sinto parar, folhear as páginas e olhar para mim. Levanto os olhos e tento dirigir a ele um olhar interessado. Estou acordada, digo. Na verdade, estou ouvindo. No entanto, quando ele recomeça a leitura, as palavras, ao tocar meu ouvido, ricocheteiam de volta para sua boca, como se fossem feitas de elástico. É uma visão perturbadora, e olho para Benny para ver se ele percebeu. Ele não percebeu. Está extasiado, com o bloco de notas no colo. Quem o ensinou a escrever, me pergunto, se nunca consegue se lembrar de nada?

"O espírito desenhou dois contornos no chão, um em cima do outro, um masculino e o outro feminino. O homem se estendeu sobre essas duas sombras de si mesmo e tomou ambas para si. A mesma coisa foi feita com a mulher. E foi assim que todo ser humano, desde o início, foi dotado de duas almas de sexos diferentes, ou melhor, de dois princípios que correspondiam a duas pessoas distintas. No homem, a alma feminina ficava localizada no prepúcio; na mulher, a alma masculina estava no clitóris."

Nesse momento, olhei para cima. Pierre continuou: "A vida do homem não era capaz de sustentar ambos os seres: cada pessoa tinha que se fundir no sexo para o qual parecesse mais adequada." Então, disse Pierre, fechando o livro mas mantendo o dedo entre as páginas, o homem é circuncidado para libertá-lo de sua feminilidade; a mulher é circuncidada para libertá-la de sua masculinidade. Em outras palavras, disse ele, inclinando-se para a frente na cadeira, muito tempo atrás, os homens achavam necessário trancar permanentemente as pessoas em sua categoria óbvia de gênero, mesmo reconhecendo a dualidade de gênero como algo natural.

Há quanto tempo foi isso?, pergunto, meu foco um pouco embaçado.

Pierre deu de ombros, e imaginei ver o corpo de sua mãe na ondulação fluida de seu movimento.

Até Cleópatra foi circuncidada, diz ele. Nefertiti também. Mas algumas pessoas acham que as pessoas neste livro, os Dogons, descendem de uma civilização ainda mais antiga que a deles, e que essa civilização se espalhou para o norte, da África Central *para cima*, até o Antigo Egito e o Mediterrâneo. Ele fez uma pausa, pensativo. Minha mãe costumava dizer que a mutilação genital, que é anterior a todas as grandes religiões, era uma espécie de enfaixamento dos pés.

Depois que ele sai de casa para acompanhar Benny a um jogo de basquete, fico com o livro, cujas páginas ele marcou cuidadosamente, e com o enigma de seu último comentário. De repente, vejo Lisette com toda a clareza diante de mim. Ela está sentada perto de uma janela na frente da qual há uma mesa. Está pensando em mim enquanto olha para um grosso livro marrom à sua frente, e sua testa branca está franzida. Ela olha para um desenho do pé minúsculo e pútrido de uma mulher chinesa, e lê a nota que diz que o cheiro podre era um afrodisíaco para o homem, que gostava de segurar os dois pés pequenos e indefesos em sua mão grande, levando-os ao nariz enquanto se preparava para violentar a mulher, que não podia fugir. Essa imobilidade era ainda mais satisfatória para sua luxúria. A dor de suas tentativas de escapar mancando eram um incentivo para que saboreasse a perseguição. A mãe de Pierre havia sido evocada pelo movimento estranho e antiamericano de seus ombros, tanto quanto por suas palavras. Por que, me pergunto, supomos que as pessoas que pensam profundamente sobre nós nunca morrem?

Ao abrir o livro, meus olhos se fixam em uma passagem que Pierre não havia lido: "O homem então teve relações sexuais com a mulher, que mais tarde deu à luz os dois primeiros filhos de uma série de oito, que se tornariam os ancestrais do povo Dogon. No momento de dar à luz, a dor do parto se concentrava no clitóris da mulher, que foi cortado por uma mão invisível, desprendeu-se e a deixou, assumindo a forma de um escorpião. A cauda e o ferrão simbolizavam o órgão: o veneno era a água e o sangue da dor."

Li a passagem novamente, meus olhos sempre parando nas palavras "uma mão invisível". Mesmo tanto tempo atrás, Deus já havia abandonado a mulher, pensei, ficando ao lado dela apenas tempo suficiente para mostrar ao homem o corte a ser feito. E se não fosse dor o que ela sentiu no momento do parto? Afinal, dor foi o que *eu* senti quando dei à luz, e eu não tinha um clitóris onde ela se concentrasse.

Continuei lendo: "A alma dual é um perigo; um homem deve ser do sexo masculino, e uma mulher, do sexo feminino. A circuncisão de ambos os sexos é... a solução."

Mas quem aguentaria pensar nisso por muito tempo? Fechei o livro, caminhei vacilante pela sala, caí pesadamente no sofá e me distraí com uma reprise de um programa humorístico na televisão.

ADAM

Me entristece que Pierre nunca tenha se casado e que ele pareça satisfeito em seguir com a carreira de antropólogo e passar a maior parte de seu tempo livre com Benny. Essa pessoa *petit* (para um homem) de cabelos encaracolados e cor de teca é meu filho! Fico tão espantado agora, que ele está se aproximando da meia-idade, quanto ficava quando ele tinha dois anos. Embora sua voz seja grave, mais grave que a minha, a voz de uma pessoa de cor, às vezes ainda parece, por causa do sotaque, a voz de um estranho. Eu vejo sua mãe nele. Lisette, que demorou tanto para morrer, corajosamente determinada a manter sua dignidade, seu eu, até o fim; seu pescoço francês grosso e forte definhando enquanto ela lutava. Apenas para implorar, no fim, por morfina e mais e mais morfina. Vê-la em Pierre torna suportável a lembrança das últimas vezes que estive com ela e reacende pensamentos mais felizes de nossos tempos passados.

Pierre ri da minha preocupação, se abstendo com elegância de observar em voz alta que meu próprio casamento tem sido um inferno.

Sou casado com o meu trabalho, diz ele.

Mas seu trabalho não gera filhos, objeto.

Ele sorri. *Mais oui*, diz ele, meu trabalho *vai* gerar filhos! Crianças que ao menos vão compreender por que têm medo. Como uma criança pode ser criança se tem medo?

Não consigo argumentar. Desde o momento em que, ainda menino, Pierre ouviu falar da torre escura de Tashi e de seu terror, os sofrimentos dela nunca mais saíram de sua mente. Tudo que aprende, não importa quão trivial ou em que contexto ou com quem, ele transfere para o dilema dela. As conversas que temos como adultos inevitavelmente incluem informações que ele guardou para que se tornassem parte da solução do enigma de Tashi.

A única garota que ele já amou, por exemplo. Uma estudante de Berkeley com quem costumava andar a cavalo.

Ela sempre cavalgava sem sela, ele me disse enquanto estávamos sentados em uma grande pedra no parque, no meio de uma caminhada à tarde. Ela tinha orgasmos enquanto andava a cavalo.

Tem certeza?, pergunto.

Sim, responde ele. Ela ficava em êxtase. E quando perguntei, ela admitiu.

Fico sem palavras ao pensar que o prazer de qualquer mulher possa ser alcançado com tanta facilidade, gaguejo; tão, de certa forma, *descuidadamente*.

A palavra que você está procurando, diz Pierre, é *libertinamente*. *Despudoradamente*. Uma mulher que é sexualmente "desinibida", de acordo com o dicionário, é por definição "lasciva, libertina e despudorada". Mas por que isso? Um homem sexualmente desinibido é apenas um homem.

Bem, digo, ela *era* desinibida?

Pierre desloca seu peso sobre a pedra e franze a testa, voltando o rosto para o céu. Isso, diz ele, no tom acadêmico que ainda me parece divertido em uma pessoa do tamanho de uma criança, talvez nos permita entender melhor a insistência, entre pessoas de culturas que praticam a mutilação, de que a vagina de uma mulher deve ser apertada. Por meio de uma intervenção forçada, se necessário. Associa-se uma pessoa ser libertina, ser despudorada, com o fato de ela ser capaz de atingir o orgasmo com facilidade.

Como isso aconteceu?, pergunto. Com sua amiga, quero dizer.

Ela foi criada por pais pagãos, adoradores da terra, em uma pequena ilha no Havaí. Tinha orgasmos fazendo praticamente qualquer coisa. Ela disse que, em casa, tinha árvores favoritas que adorava e nas quais se esfregava. Ela podia ter um orgasmo com pedras quentes e lisas, como esta na qual estamos sentados; podia gozar com a própria terra se ela se erguesse um pouco para encontrá-la. No entanto, diz Pierre, nunca esteve com um homem. Seus pais a haviam ensinado desde cedo que não era absolutamente necessário, a menos que ela quisesse filhos.

E com você?, pergunto.

Receio que minha maneira de fazer amor tivesse um efeito desestimulante, não, um efeito *deslubrificante*, diz ele. Não importava o quanto eu tentasse, era difícil não abordá-la com uma atitude de dominação. Ao fazer amor comigo, ela ficava cada vez menos molhada. Seu rosto fica triste por um momento, então ele sorri. Ela foi para a Índia. Acho que me trocou por um elefante no qual aprendeu a montar, ou talvez pelo filete de água lento e morno de uma cachoeira, como aquelas com as quais teve tantos encontros amorosos em sua ilha havaiana.

Sempre pensei que talvez fosse para tornar impossível o amor sexual entre mulheres que os homens destruíssem seus órgãos sexuais externos.

Ainda acho que isso é em parte verdade, diz Pierre. Mas também há minha experiência com a rainha Anne.

Rainha Anne? Sua amiga tinha o nome da rainha Anne Nzingha, a guerreira africana?

Não, diz ele. Ela se chamava assim por causa da renda-da-rainha--Anne, a flor silvestre.

Mais tarde na caminhada, quando paramos junto a uma fonte para beber água, Pierre ainda está absorto em pensamentos. Será que são apenas as mulheres que podem fazer amor com qualquer coisa?, pergunta ele. Afinal, o homem também tem órgãos sexuais externos. Mas os homens buscam unidade com a terra ao fazer sexo com ela?

Você quer dizer que sua amiga não se masturbava simplesmente?

Não. Ela disse que nunca se masturbava, exceto consigo mesma. E mesmo assim estava fazendo amor. Fazendo sexo. Seu parceiro simplesmente era algo diferente de outro ser humano.

Foi com ela que você descobriu sua dualidade?, pergunto.

Sim, responde ele. Até conhecê-la, nunca me senti sexualmente atraído por mulheres. Eu achava que todas as mulheres sofriam durante o sexo. Conhecê-la foi um grande alívio. Percebi que mesmo a bissexualidade, da qual sempre me senti capaz mas que nunca havia experimentado de fato, ainda era, como a homossexualidade e a hete-rossexualidade, como o lesbianismo, apenas uma sexualidade muito limitada. Quero dizer, ali estava alguém que era *pan*sexual. Lembra-se de Pã, certo?, pergunta ele, rindo. Bem, minha amiga era a bisavó de Pã!

A imagem de Pã, o deus grego, tocando alegremente sua flauta na floresta, surge diante de mim. Sua cabeça humana repousa sobre um corpo composto de partes de muitos animais diferentes. É óbvio que seus ancestrais se relacionavam sexualmente, pelo menos na imaginação, com tudo. E antes dele os ancestrais da amiga do meu filho se relacionavam sexualmente com a própria terra. Estou realmente velho demais para usar a expressão "uau" de maneira graciosa. Mas "uau" é o que eu me ouço dizer. O que faz Pierre rir novamente.

Em um momento, porém, ele retoma o fio de seu pensamento. Na pornografia, diz com pesar, essa capacidade de a mulher ter prazer de diversas maneiras é retratada como algo perverso. Já vi filmes em que ela é forçada a copular com jumentos, cachorros, revólveres e outras armas. Legumes e frutas de formato estranho. Cabos de vassoura e garrafas de Coca-Cola. Mas isso é estupro. O homem tem inveja do prazer feminino, diz Pierre depois de um tempo, porque a mulher não precisa dele para atingi-lo. Quando seu sexo externo é mutilado, e ela fica apenas com a abertura minúscula e inelástica através da qual recebe prazer, ele pode acreditar que apenas seu pênis pode alcançar suas partes internas e dar à mulher o que ela deseja. Mas é só o desejo dele de dominá-la que faz o esforço valer a pena. E então é literalmente uma batalha, com sangue correndo de ambos os lados.

Ah, digo eu, a batalha original dos sexos!

Exatamente, responde ele.

Bem, digo eu, alguns homens recorrem a animais, e uns aos outros. Ou usam a mulher como se ela fosse um menino.

Se você é sensível à dor alheia, diz ele, fazendo uma careta, ou mesmo consciente da sua própria, sem falar da humilhação de forçar a penetração em alguém cuja própria carne foi transformada em uma barreira contra você, o que mais pode fazer?

PARTE XIII

EVELYN

Durante anos assisti a uma série de televisão chamada *Riverside*. Era sobre um hospital para transtornos psiquiátricos que me lembrava de Waverly. Quando Raye me apresentou Amy Maxwell, que se parecia muito com a mulher que fazia o papel da matriarca dura e compassiva e médica emérita do hospital, imediatamente me senti à vontade com ela. Ela era mais velha, ossuda e de cabelos grisalhos, com uma boca cheia de dentes brancos e regulares que pareciam estar presos em um sorriso permanente. Ela olhou para mim por cima dos óculos de aro prateado e estendeu a mão.

Raye estava sentada, como de costume, em sua poltrona marrom, com uma expressão confusa. Eu não conseguia entender por que Amy e eu estávamos sendo colocadas lado a lado. Como uma piada para mim mesma, me perguntei: Será que essa mulher é o saco de argila atrasado de Mzee?

Amy me relatou algo recentemente que achei que poderia interessar a você, disse Raye, inclinando-se para a frente.

Houve um silêncio prolongado, durante o qual reparei no tom rosado do rosto de Amy e no aroma artificial de laranja de seu perfume. Por fim, ela começou a falar. Falou do filho, Josh — palavra que em olinka significa turbante —, e de como ele era paciente de Raye havia muitos anos. Ela disse o nome dele baixinho, com hesitação, como se não tivesse certeza se tinha o direito de fazê-lo. Ele fora bailarino de uma grande companhia de balé até os trinta anos, depois do que começou a ter dificuldade de acompanhar os outros bailarinos. Envelhecido, desempregado, deprimido, havia tirado a própria vida antes de completar quarenta anos.

Praticamente desde o nascimento, ele sofria de depressão, disse Amy. E praticamente desde o nascimento, continuou ela, com um olhar constrangido de Raye para mim, eu o levei a psicólogos. Como o pequeno soldado obediente que era, ele deixou sem protestar que sua mente e seu coração fossem examinados por uma sucessão de psiquiatras em um esforço para se ajustar à minha alegria constante: uma atitude solar tão persistente que fez com que seu pai, um homem normal, de altos e baixos emocionais, se afastasse. Não importava o que acontecesse comigo, eu superava, disse Amy, como minha própria mãe me ensinara a fazer, e como ela mesma sempre fizera. Ela era uma beldade sulista no estilo Scarlett O'Hara. Pobre durante a maior parte da vida, mas depois fabulosamente rica, por fim, pois se casou com meu pai, que era dono de boa parte do centro de Nova Orleans.

Nesse momento, ela parou e olhou pela janela. Era fevereiro; do outro lado da rua, as acácias estavam em flor. Nós três ficamos em silêncio, apreciando a bela penugem amarela contra o novo e delicado verde. Eu estava mais intrigada do que nunca. Olhei de soslaio para Raye, mas ela estava recostada na poltrona, os olhos calorosamente encorajadores fixos no rosto de Amy. Ocorreu-me que não era a primeira vez que ela ouvia aquilo.

Amy entrelaçou os dedos finos e limpou a garganta. Quantos anos ela teria?, me perguntei. Setenta e cinco? Oitenta? Mais? Parecia notavelmente em forma, qualquer que fosse sua idade. Foi só quando veio parar aqui, com Raye, disse ela, que ele começou a suspeitar de que a depressão que sempre carregara era minha.

Como assim?, perguntei.

O que quero dizer, disse Amy, com um suspiro, é que quando era muito pequena, eu costumava me tocar... lá. Era um hábito que mortificava minha mãe. Quando eu tinha três anos, ela amarrava minhas mãos todas as noites antes de eu ir para a cama. Aos quatro, ela passou molho de pimenta nos meus dedos. Quando eu tinha seis anos, pediram ao médico da família que extirpasse meu clitóris.

Nova Orleans fica na América?, perguntei, desconfiada, pois foi a única coisa que consegui pensar em dizer.

Sim, disse Amy, garanto que sim. E, sim, estou lhe dizendo que mesmo na América uma criança branca de classe alta não podia se tocar sexualmente, se os outros vissem, e estar segura. Hoje é diferente, claro. E mesmo naquela época, nem todos os pais reagiam como minha mãe. Mas tenho certeza de que não fui a única que foi submetida a isso.

Não acredito em você, disse eu, levantando-me para ir embora. Pois vi as folhas verdejantes e saudáveis da minha América caindo secas no chão. Seus rios cintilantes enlameados de sangue.

Raye também se levantou e colocou a mão no meu braço. Eu estava com raiva dela e sabia que meus olhos expressavam isso. Como ela ousava me expor àquelas mentiras!

Espere, disse ela.

Eu me sentei.

Amy sorriu, um sorriso pequeno e modesto, apesar de sua boca tensa, em forma de um sorriso mais amplo. Você acha que é a única mulher africana a vir para a América, não é?, perguntou ela.

Na verdade, eu de fato achava isso. As mulheres negras americanas me pareciam tão diferentes das mulheres Olinka que eu raramente pensava em suas tataravós africanas.

Muitas mulheres africanas vieram para cá, disse Amy. Mulheres escravizadas. Muitas vendidas como escravas porque se recusaram a ser circuncidadas, mas muitas delas vendidas depois de terem sido circuncidadas e infibuladas. Eram essas mulheres costuradas que fascinavam os médicos americanos, que acorriam aos leilões de escravos para examiná-las, enquanto as mulheres permaneciam nuas e indefesas sobre o tablado. Eles aprenderam a fazer a "intervenção" em outras mulheres escravizadas; fizeram isso em nome da ciência. Encontraram um uso para as mulheres brancas... De repente, Amy riu. Escreveram em suas publicações médicas que finalmente haviam encontrado uma cura para a histeria da mulher branca.

Bem, alguém tinha que fazer isso, disse Raye, com uma expressão séria. E as duas riram.

Eu não consegui entender. Olhei para Amy.

Tinha sido feito com a avó da nossa cozinheira, disse ela. Muitas cirurgias, quando ela era pequena. Ela não pôde ter filhos; havia adotado Gladys, companheira de infância e empregada da minha mãe, cujo próprio clitóris havia sido extirpado; embora ela não tivesse, como a mãe, sido infibulada. Gladys era dócil ao extremo, não uma escrava no sentido legal, mas servil ao extremo em espírito. Ela simplesmente não tinha nenhuma intensidade. Não tinha "eu". Essa "disposição gentil", como minha mãe chamava, sempre foi considerada exemplar; era como minha mãe queria que eu fosse.

Raye e eu assistimos enquanto as lágrimas escorriam por suas bochechas que, ainda assim, mantinham o sorriso. No meu primeiro ano na América, Adam e Olivia me levaram ao circo e havia um palhaço chorando com um grande sorriso branco pintado no rosto. Era assim que o rosto de Amy estava.

Eu fui controlada durante toda a minha vida, disse ela, pela mão invisível da minha mãe. E *era* invisível, gritou ela, batendo no braço da cadeira com o punho fechado. Porque eu *esqueci!*

Você era uma criança, disse Raye com firmeza. Uma criança que foi informada de que suas amígdalas iam ser removidas. Uma criança que não fazia ideia de que o que sua mãe fez com você era possível. Uma criança que não sabia o que havia de tão errado em se tocar. Jovem demais para achar que algo tão bom poderia ser errado.

Amy enxugou os olhos com um lenço de papel. Fungou. Seus olhos cinzentos estavam vermelhos e pareciam transpirar em vez de chorar.

Fiquei dolorida por muito tempo, disse ela. Minha mãe me deixou na cama e me levava limonada para aliviar minha garganta — porque ela me convenceu de que tinha sido na minha garganta que a cirurgia tinha sido feita e, portanto, onde eu sentia a dor. E eu não podia tocar com meus dedos onde a dor realmente estava, por medo de contradizê-la. Ou ofendê-la. Nunca mais me toquei daquele jeito. E, claro, quando me toquei acidentalmente lá, descobri que não havia mais nada para tocar.

Eu me tornei uma pessoa alegre. Praticava esportes porque gostava da euforia proporcionada pelo esforço competitivo. Meu corpo era firme, magro, em forma. Não faltava nada. Eu fazia sexo com praticamente qualquer um. Transava loucamente, sem sentir nada; para não sentir minha raiva. Sorri mesmo quando, anos depois, enterrei minha mãe. Só comecei a me lembrar quando Josh morreu, quando minha própria vida estava praticamente acabada; porque de repente eu tive que começar a sentir meus próprios sentimentos. Eu tinha tentado viver através do corpo de Josh porque ele estava inteiro. Eu o pressionei a se tornar bailarino; só posso imaginar sua tristeza quando ele não pôde mais dançar para mim.

Depois dessa conversa perturbadora, da qual me livrei saindo furiosa do consultório de Raye, parei de assistir a *Riverside* e passei a ler tudo o que podia encontrar sobre Louisiana e Nova Orleans. Descobri que a Louisiana já havia pertencido à França. Talvez, pensei, revivendo a hostilidade que todas as coisas de origem francesa sempre provocavam em mim, a mãe de Amy tivesse tido dificuldade de se comunicar com o médico, que talvez fosse como eu, um estranho de outra tribo; talvez seus problemas fossem decorrentes de uma dificuldade resultante do idioma. Talvez a mãe de Amy estivesse se referindo às amígdalas da filha, afinal.

Parte XIV

EVELYN-TASHI

Todos os dias, agora, há manifestações na rua, bem embaixo da minha janela. Não consigo vê-las, mas o burburinho das vozes se eleva sobre os muros da prisão e flui por entre as barras de ferro.

O que realmente ouço, diz Olivia, são os fundamentalistas culturais e fanáticos muçulmanos atacando mulheres que vieram de todas as partes do país para colocar oferendas sob os arbustos que ficam logo abaixo e na esquina do meu campo de visão. As mulheres trazem flores silvestres, ervas, sementes, miçangas, espigas de milho, qualquer coisa que possam reivindicar como sua e da qual possam dispor. A maioria fica em silêncio. Às vezes elas cantam. É quando cantam que os homens atacam, embora a única música que todas conheçam e possam cantar juntas seja o hino nacional. Eles dão socos nas mulheres. Eles as chutam. Eles as golpeiam com porretes, deixando a pele coberta de hematomas e quebrando ossos. As mulheres não revidam, mas se dispersam como galinhas;

recolhendo-se nas portas das lojas da rua, até que os lojistas as expulsam com suas vassouras.

No dia em que fui condenada à morte, os homens não incomodaram as mulheres, que, segundo Olivia, simplesmente ficaram sentadas, exaustas, escondidas o melhor que podiam, na base dos arbustos empoeirados. Não falaram. Não comeram. Não cantaram. Eu não havia me dado conta, antes de ela me falar de seu desânimo, de como havia me acostumado com seu clamor. Mesmo com minha família ao meu lado para amortecer o golpe da sentença de morte, sem o barulho da luta na rua me senti sozinha.

Mas então, no dia seguinte, o canto recomeçou, baixo e triste, e o som de porretes contra carne.

BENNY

Não consigo acreditar que minha mãe vai morrer — e que isso significa que nunca mais vou vê-la. Quando as pessoas morrem, para onde elas vão? Essa é a pergunta com a qual perturbo Pierre. Ele diz que quando morrem, as pessoas voltam para o lugar de onde vieram. Onde fica isso?, pergunto. Nada, diz ele. Elas voltam para o Nada. Escreveu em letras de forma no meu bloco de notas: NADA = NÃO EXISTIR = MORTE. Mas em seguida deu de ombros, aquele curioso movimento de ombros que fez minha mãe finalmente gostar dele, e escreveu: MAS TUDO QUE MORRE VOLTA.

Pergunto a ele se isso quer dizer que minha mãe vai voltar. Ele diz: Sim, claro. Só que não como sua mãe.

Ele disse: Encare as coisas da seguinte maneira. Em 1912, o povo de Olinka tinha um líder estúpido que executava as pessoas por enforcamento. Agora seu líder estúpido as executa por fuzilamento. Agora ele é conduzido para toda parte em um Mercedes. Em 1912, ele era carregado nos ombros de quatro escravos fortes para onde quer que fosse. Entende?

Eu não entendi.

ADAM

Quando alguém lhe informa que sua mulher vai ser assassinada em público, é uma coisa muito amarga. Não paro de pensar nisso, incomodado como se tivesse um caroço na ponta da língua. Olivia me diz para não ler os jornais, que estão cheios de mentiras. Mas não consigo. Desenvolvi um interesse mórbido pelos problemas deste país à medida que são revelados por jornalistas ineptos e corruptos. Todos os jornalistas com alguma credibilidade foram espancados até serem silenciados, subornados, assassinados ou perseguidos até o exílio. Os que sobraram têm apenas uma função: contar ao povo mentiras que lisonjeiam o presidente. Em todas as edições dos dois jornais restantes há uma enorme fotografia dele: rosto redondo, estúpido, brilhando como uma lua maligna. Ele é presidente vitalício, e ponto final. As pessoas são lembradas o tempo todo de suas façanhas contra os colonialistas brancos na juventude. São informadas sobre como, diariamente, ele luta contra os neoimperialistas, que ainda estão tentando roubar o país deles. São informados sobre a frugalidade com que ele administra seus recursos cada vez mais escassos e sobre como, durante a última seca interminável, ele só permitia que o gramado de seu palácio fosse regado uma vez por semana. Claro que é praticamente o único gramado em Olinka — uma vez que gramados não são uma tradição africana —, mas não importa.

Ele tem sido raivoso em sua insistência na pena de morte para Tashi. Dizem que todas as suas esposas, exceto a romena, foram circuncidadas por M'Lissa. As poucas mulheres em cargos de alguma projeção que pediram para se reunir com ele a fim de implorar pela vida de Tashi tiveram o pedido recusado por sua secretária e foram avisadas de que perderiam o emprego se continuassem demonstrando interesse no caso. Havia uma fotografia das mulheres quando foram dispensadas. Elas pareciam envergonhadas e não olhavam para a câmera. Era fácil imaginar seu andar deslizante.

À noite, sonho com Tashi como ela era quando menina. Em um dos meus sonhos, recuperei o que já foi uma de suas frases favoritas: Mas o que *é* isso?, dizia ela quando meu pai ou minha mãe mostravam algum item estranho que tinham trazido ou que tinha sido enviado para eles da América. Ela nunca tinha visto um caleidoscópio, por exemplo, e enquanto o girava sem parar diante de seu olho atônito, soltando oohs e aahs diante das cores e formas fantásticas que ele formava, disse ela, com uma voz tão cheia de admiração que nos fez rir: Mas o que *é* isso?

Em meu sonho, vejo essa criança esquelética, coberta de pó, com sangue escorrendo pelos calcanhares, aproximando-se da forca. O laço balança diante de seu rosto, extasiado e curioso. É colocado em volta de seu pescoço pelo presidente da República. Ainda assim, maravilhada, ela o manuseia com reverência. Mas o que *é* isso?, grita ela, enquanto o laço é apertado e ela cai no esquecimento.

TASHI-EVELYN

Agora que a justiça vai ser feita e vou ser executada, tenho permissão para receber outras visitas além da minha família. Certa manhã, Olivia traz as ceramistas que fazem réplicas das antigas bonecas da fertilidade.

Mas, ao que parece, não são bonecas da fertilidade. Uma das mulheres, tão gorda quanto estou agora, com minha vida sedentária e a dieta rica em carboidratos da prisão, e sólida como um tronco de árvore, me informa que a palavra inglesa *doll*, "boneca", é derivada da palavra *idol*, "ídolo". As figuras que chegaram até nós como meras bonecas já foram reverenciadas como símbolos do Criador, da Deusa, da própria Força Vital. Ela mostra uma pilha de fotografias de pinturas que descobriu em cavernas e falésias nas partes mais secas do país. Onde, quando éramos crianças, nos diziam que bruxas e duendes viviam. As pessoas que realmente viviam lá, descobri mais tarde, quando já era adulta, eram nômades empobrecidos que se recusavam a se estabelecer, e de cuja imundície e de cujas moscas o governo, que imitava desesperadamente seus predecessores britânicos, se envergonhava. Antigamente, diz a ceramista, franzindo os lábios como se estivesse chupando uma semente, as pessoas refaziam as pinturas ano após ano. Ela riu. Pode-se dizer que eles viviam em uma grande galeria de arte. Agora — ela faz uma careta — estão tão desbotadas que são quase invisíveis. Ainda assim, com algum esforço, ao pegar uma das fotografias das mãos dela, consigo reconhecer a pequena figura da choupana de M'Lissa, com um sorriso largo, os olhos fechados e tocando seus órgãos genitais. Se a palavra "MINHA" estivesse gravada em seus dedos, seu significado não poderia ser expresso com mais clareza. Ela parece incrivelmente viva. E não está sozinha. Outra fotografia mostra uma figura com a mão em torno do pênis da figura ao lado dela. Ela também está sorrindo. Uma terceira mostra uma figura com o dedo na vagina de outra mulher. Ela também está sorrindo. Assim como a outra mulher. Assim como, na verdade, estão todas elas. Outras fotografias mostram figuras de mulheres dançando, interagindo com animais, aninhadas conforta-velmente sob o abrigo de árvores e dando à luz.

Achamos que esses "ídolos" eram dados às crianças para que brin-cassem, como ferramenta de ensino, diz a outra ceramista, em uma época — ela ri — muito além do alcance da imaginação do nosso tempo. E que quando as mulheres foram subjugadas, essas imagens foram literalmente enterradas, pintadas nas paredes de cavernas e depressões rochosas abrigadas. Algumas das figuras de pedra e argila estão, é claro, em museus e coleções particulares. A mais famosa é a de um homem e uma mulher copulando, e o pênis do homem é enorme; a mulher parece estar empalada nele. É uma imagem an-tiga, e talvez a razão pela qual os brancos achassem que o pênis dos negros era enorme. Ela fica em silêncio por um momento. Muitas das figuras foram destruídas. Sobretudo aquelas que mostram a vagi-na de uma mulher e seu rosto satisfeito. Ela dá de ombros. Agora, é claro, toda garotinha ganha uma boneca para carregar consigo. Uma pequena figura de mulher como brinquedo, com o rosto mais vazio que se possa imaginar e sem vagina.

De acordo com este regime, não devemos ter vagina, diz Olivia, com a sagacidade que às vezes a caracteriza, porque foi por esse portal que o homem foi confrontado com o maior mistério imerecido que ele conhece. A reprodução de si mesmo.

As ceramistas riem.

Tenho uma favorita, diz a mulher corpulenta alegremente, e tira do fundo da pilha de fotografias uma em que há três figuras sentadas juntas, muito parecida com a escultura dos três macacos sábios (Não vejo o mal, Não ouço o mal, Não digo o mal), que os pais de Adam trouxeram da América e mantinham em cima de um armário na cozinha. Só que essas figuras — duas mulheres e um homem — têm as mãos nos próprios órgãos sexuais e nos da figura ao lado, os braços sobrepostos formando uma espécie de aliança de casamento.

Pensando assim, como um casamento, e vendo os sorrisos felizes nos rostos desbotados dos três afortunados, eu rio. Não consigo me conter. É como se essa imagem despertasse algo que estava adormecido, ou morto, em meu próprio corpo; embora meu corpo, infelizmente, esteja agora danificado demais para reagir a isso de maneira saudável e natural. Começo a espirrar.

Mas o que *é* isso?, ouço-me dizer finalmente, espirrando e rindo. E de repente vislumbro vagamente mais uma vez a possibilidade de prazer no mundo.

OLIVIA

Tashi diz que quer usar um vestido vermelho quando for comparecer diante do pelotão de fuzilamento. Lembro a ela que estamos apelando da sentença. Também há esperança de que os Estados Unidos honrem sua cidadania norte-americana. Eu quero estar vestida de vermelho de qualquer maneira, diz ela, não importa o que aconteça. Estou farta de preto e branco. Nenhuma dessas cores vem primeiro. Vermelho, a cor do sangue da mulher, vem antes de ambas.

Então, costuramos.

PARTE XV

TASHI-EVELYN

Você não sabe de nada, disse M'Lissa, enquanto eu escovava seu cabelo. Você não para de perguntar, como apenas um tolo faz, sobre pessoas e acontecimentos de seu próprio tempo. Eu poderia lhe dizer que o esmalte vermelho é tudo o que resta da percepção da mulher do poder de seu próprio sangue e você não me entenderia. Ou que o vermelho na boca de uma mulher sinaliza algo além do gosto pela carne. Nesse momento, M'Lissa grunhiu de maneira sugestiva.

Antigamente, antes de o povo Olinka nascer como povo, dizia-se que o sangue da mulher era sagrado. E quando mulheres e homens se tornavam sacerdotes, seu rosto era coberto de sangue até eles ficarem com a mesma aparência de quando nasceram. E isso simbolizava o renascimento: o nascimento do espírito. Eu mesma fui batizada pelo pai de seu marido, o missionário, e abaixei a cabeça e segurei a língua, pois sabia que a água de sua igreja era um substituto para o sangue feminino. E que eles, que me consideravam ignorante, não sabiam disso.

O que, além de sua vida de mentiras, eu queria de M'Lissa? Eu me fazia essa pergunta incessantemente, como só os loucos fazem. Toda noite tocava as navalhas que mantinha escondidas no enchimento do meu travesseiro, fantasiando sobre sua morte sangrenta. Jurei que ia mutilar tanto seu corpo enrugado que seu próprio Deus não a reconheceria. Sorria ao pensar no nariz dela ensanguentado sobre a cama. Mas toda manhã, como a contadora de histórias Scheherazade, M'Lissa me contava mais uma versão da realidade da qual eu não tinha ouvido falar.

Um dia, enquanto eu lavava cuidadosamente entre seus dedos em forma de garras, ela me informou de forma maliciosa que apenas o assassinato da *tsunga*, a responsável pela circuncisão, por uma das mulheres que ela havia circuncidado provava seu valor (da circuncidadora) para a tribo. Sua própria morte, declarou ela, fora predeterminada. Isso a elevaria à posição de santa.

Essa confissão, ou mentira, deteve minha mão por muitos dias.

M'LISSA

Eu sei o que os jovens não podem nem imaginar ou adivinhar. Que quando já viu demais da vida, a pessoa compreende que morrer é uma coisa boa.

No dia em que ela chegou, vi minha morte nos olhos de Tashi, tão claramente quanto se estivesse me olhando em um espelho. Aqueles olhos que são os olhos de uma mulher louca. Ela acha mesmo que nunca estive diante de loucos e assassinos antes?

Na aldeia, quando eu era menina, os loucos eram mantidos no mato. Viviam sozinhos em choupanas fétidas e em ruínas, as roupas imundas em farrapos. Os cabelos emaranhados cobriam suas costas como musgo. Aprendi a não ter medo deles, pois descobri, como todos os aldeões sabiam, que os loucos, embora sejam tomados por desejos assassinos, eram fáceis de distrair. Quando um deles atacava, você oferecia a ele ou a ela — pois sempre havia mulheres e homens loucos; que, aliás, nunca escolhiam morar juntos — um inhame. Ou uma canção. Ou uma história que só um louco poderia entender. Histórias das quais ríamos, rimas sem sentido, os faziam chorar. Histórias que para nós eram dolorosas, sobre nossos próprios sofrimentos ou os sofrimentos da aldeia, os faziam rir como os demônios que eram. Enquanto eles riam ou choravam, comiam seu inhame ou tentavam, em geral sem sucesso, localizar a erva fétida que tínhamos enfiado em seus cabelos cobertos de musgo, nós fugíamos.

A Tashi fiz a seguinte pergunta, e ela até agora não conseguiu me dar uma resposta adequada: Tashi, disse eu a ela, é evidente que você ama *muito* sua nova pátria. Quero que me diga: Qual a aparência de um americano?

EVELYN-TASHI

Qual a aparência de um americano?, me perguntou a velha bruxa. Comecei de imediato a descrever Raye. Ela tem uma cor que não se vê na África, digo. Exceto em certas vagens ou em algumas madeiras mais claras. Tem cabelos crespos, mas ao mesmo tempo um pouco felpudos. Algo que também nunca se vê na África. E ela tem sardas. Também algo que nunca se vê na África. M'Lissa ouve com atenção, depois faz perguntas astutas. É mesmo?, pergunta ela. Mas a América não é a terra dos brancos fantasmagóricos?

Apresso-me em descrever Amy Maxwell. Seu sorriso travado e sua pele empoada com traços de amarelo e rosa. Seus ombros ossudos e olhos como duas bolas de gude. Seus cabelos brancos penteados. Sua tristeza e seu sofrimento.

Mas M'Lissa não fica satisfeita.

Começo a descrever pessoas de pele amarela e olhos puxados. Esses, zomba ela com desprezo, devem ser esquimós, dos quais já ouviu falar.

Todo mundo sabe que eles vivem bem longe, no norte gelado. Tenho certeza de que posso descrever um americano de verdade?

Descrevo homens brancos da televisão, com vozes enérgicas e uma falsa cordialidade nos olhos. Descrevo indianos da Índia e nativos americanos de Minnesota. Mulheres de pele vermelha e cabelos negros. Pessoas amarelas de olhos azuis. Pessoas pardas com olhos negros que falam uma língua de outro país.

M'Lissa espera.

Parece não haver resposta para a pergunta dela. Afinal, os americanos vieram de muitos lugares. Essa ideia por si só, eu acho, deve confundir a mente de M'Lissa, que nunca esteve em lugar nenhum.

Se você perguntar a alguém na África: Como é um Olinka ou um Massai, a resposta é óbvia. Eles são marrons ou muito marrons. São notavelmente baixos (Olinka) ou altos (Massai). Mas não, ser baixo ou alto, pardo ou de pele vermelha, não é o que caracteriza um americano.

Por fim, derrotada, mas também identificando um antigo estratagema, pus fim ao joguinho dela e nos aproximei do dia de sua morte.

Qual a aparência de um americano?, ela me provocou de modo complacente depois que várias semanas haviam se passado e eu lhe dera centenas de descrições de americanos que muito raro se pareciam fisicamente uns com os outros e ainda assim se pareciam profundamente em sua história oculta de fuga do sofrimento.

Qual a aparência de um americano?, fiz a pergunta baixinho a mim mesma e olhei nos olhos de M'Lissa. A resposta nos surpreendeu a ambas.

Um americano, disse eu com um suspiro, mas talvez pela primeira vez compreendendo meu amor por minha pátria adotiva: um americano parece uma pessoa ferida cujas feridas estão escondidas dos outros, e às vezes de si mesma. Um americano se parece comigo.

PARTE XVI

TASHI-EVELYN

No primeiro dia depois que Mbati foi embora e tive que assumir a tarefa de lavar M'Lissa, descobri por que ela mancava. Não apenas seu clitóris, seus lábios externos e internos, e todos os outros pedaços de pele tinham sido removidos, mas um corte profundo atravessava o tendão na parte interna de sua coxa. Era por isso que, ao caminhar, ela tinha que arrastar a perna esquerda, que era sustentada apenas pelo tendão da parte de trás e pelos músculos das nádegas. De fato, a nádega esquerda era muito mais desenvolvida que a direita e, embora ela não andasse com vigor havia muitos anos, havia uma firme resistência em seus músculos daquele lado.

Sim, pode tocar, minha filha, exclamou ela, ao sentir meus dedos explorarem a cicatriz grossa da velha ferida, dura como uma sola de sapato de couro. É a marca, em meu corpo, da desobediência de minha mãe.

Como esse foi o dia em que eu havia resolvido matar M'Lissa, não tinha certeza se deveria demonstrar interesse em sua vida. Quer dizer, sua vida antes de assassinar Dura. Mas ela mergulhou nas lembranças, e eu não tinha terminado seu banho. Encurralada, escutei.

M'LISSA

Desde que os Olinka se tornaram um povo, sempre houve uma *tsunga*. Era um posto hereditário, como o dos sacerdotes. Antes de as pessoas formarem uma tribo, elas também viviam. Mas esses tempos eram considerados tempos malignos, porque embora todos soubessem que tinham uma mãe, porque ela os dera à luz, não se tinha um pai da mesma maneira. Não dava para ter certeza. E assim, o irmão da sua mãe era seu pai. Nessa época, a casa sempre pertencia à mulher, e nunca havia crianças sem pais ou sem casa. Mas isso foi de alguma forma percebido como um mal. Enfim, desde que se tem memória, na minha família as mulheres sempre foram *tsungas*.

Por quê?, perguntei a minha mãe.

Porque é uma grande honra, respondeu ela. E também porque é assim que conseguimos comida.

Minha mãe era uma mulher triste. Eu nunca a vi sorrir.

Rezava com muita frequência.

Quando cresci o suficiente para perceber seu sofrimento, comecei a notar que, quando rezava, ela se voltava em uma determinada direção, e que muitas vezes desaparecia, a passos lentos, olhando para trás por cima do ombro como se achasse que alguém a seguia, na direção de suas orações.

Certa vez, ao segui-la, eu a vi entrar em uma floresta arruinada aonde ninguém nunca ia, caminhar até um buraco em uma árvore apodrecida e tirar algo lá de dentro. Ela desembrulhou o objeto, olhou para ele, beijou-o e recolocou-o no lugar, tudo em um único movimento. Essa floresta era uma espécie de terra de ninguém. Estéril. Tudo seco e morrendo. Dizia-se que essa desolação havia sido causada muito tempo antes, por um homem e uma mulher que fornicaram lá, quando a área era uma plantação de cereais. Mas isso tinha acontecido havia tanto tempo que ninguém se lembrava do destino deles, nem mesmo de quem eram.

Depois que minha mãe saiu, me esgueirei até a árvore onde estava o pequeno objeto embrulhado e o coloquei com cuidado no colo, onde o desembrulhei. Era uma pequena figura sorridente com uma das mãos nos genitais, com todas as suas partes aparentemente intactas. Isso foi antes de eu ser circuncidada, e assim, com a curiosidade de uma criança, me deitei para comparar minha vulva com a da estatueta. Escondida atrás de uma grande pedra, toquei-me com muita delicadeza. A expressão feliz e aberta da pequena figura havia me excitado, e senti uma reação imediata ao meu próprio toque. Foi tão repentino, tão chocante e inesperado, que me assustou. Eu embrulhei a pequena figura rapidamente, coloquei-a de volta em seu nicho e saí correndo.

Passei a ir com frequência ao local arruinado, pegar a pequena figura da árvore e brincar com ela. Mas a meus olhos ela parecia tão poderosa que nunca mais me atrevi a compará-la comigo mesma. Portanto, nunca mais me toquei. Se tivesse feito isso, pelo menos teria conhecido a experiência que o trabalho da *tsunga* tentava evitar.

Você consegue imaginar a vida de uma *tsunga* que sente? Eu aprendi a não sentir. É possível aprender. Nesse sentido, eu era como minha avó, que se tornou tão insensível que as pessoas a chamavam de "Eu Sou uma Barriga". Ela circuncidava as crianças e exigia comida logo em seguida; mesmo que a criança ainda estivesse gritando. Para minha mãe, era uma tortura.

Então, um dia, minha mãe teve que circuncidar as meninas da minha idade.

Antes desse dia, por semanas, ela rezou incessantemente para o pequeno ídolo. E quando chegou minha vez, ela tentou não cortar tanto. Claro que ela removeu os grandes lábios, porque havia quatro mulheres fortes com olhos de águia me segurando; e, claro, os pequenos lábios também. Mas ela tentou me deixar ficar com a protuberância, lá embaixo, para onde a descarga que eu sentira com a pequena estatueta parecia ir. Ela mal me cortou lá. Mas as outras mulheres viram.

O que minha mãe havia começado, o curandeiro terminou. Ele havia aprendido tudo o que sabia sobre curas e remédios com as mulheres, e por isso era chamado de feiticeiro, e usava a saia de grama das bruxas, mas as bruxas que o ensinaram tinham sido condenadas à morte, porque se opunham à circuncisão e eram muito poderosas entre as mulheres para serem deixadas livres, não circuncidadas. Ele não teve nenhuma misericórdia. Tomado pelo medo e por uma dor excruciante, meu corpo se contorceu sob a pedra afiada com a qual ele estava me cortando...

Nunca mais pude me ver, pois a criança que finalmente se levantou da esteira três meses depois, e se arrastou para fora da choupana de iniciação e por fim para casa, não era a criança que havia sido levada para lá. Eu nunca mais veria aquela criança.

TASHI

E ainda assim, disse eu, me endurecendo diante da visão do peito arfante de M'Lissa, esperando as lágrimas, você a viu muitas vezes, centenas, milhares de vezes. Era ela quem gritava diante da *sua* faca.

M'Lissa fungou. Eu nunca mais chorei depois disso, disse ela. Eu soube naquele momento em que a dor se tornou insuportável, quando atingiu um crescendo, como quando alguém toca um tambor de metal com uma baqueta de metal semelhante, que não há nenhum Deus conhecido pelo homem que se preocupe com as crianças ou as mulheres. E que o Deus da mulher é a autonomia.

Chore, disse eu. Talvez lhe traga alívio.

Mas eu podia ver que nem mesmo naquele momento ela conseguia sentir sua dor o suficiente para chorar. Ela era como alguém que fora espancado até perder a sensibilidade. Amarga, se não emocionalmente inerte.

Por que eles nos forçaram a fazer isso?, perguntou ela. Eu nunca entendi de fato. E as mulheres, ainda hoje, depois de dar à luz, voltam à *tsunga* para serem novamente costuradas, mais apertadas do que antes. Porque se ficarem folgadas, o homem não terá prazer suficiente.

Bem, você mesma ensinou isso a elas, disse eu. Foi o que você me disse. Lembra? A mulher não circuncidada é frouxa, você disse, como um sapato que qualquer um, não importa o tamanho, poderia usar. Isso é indecente, você disse. Imundo. Uma mulher decente deve ser cortada e costurada para que só sirva ao marido, cujo prazer depende de uma abertura que pode levar meses, até anos, para se alargar. Os homens amam e apreciam a luta, você disse. Quanto à mulher... Mas você nunca disse nada sobre a mulher, não é, M'Lissa? Sobre o prazer que ela poderia experimentar. Ou o sofrimento.

Estou chorando agora, eu mesma. Por mim. Por Adam. Por nosso filho. Pela filha que fui obrigada a abortar.

Há a possibilidade de uma cesariana, você sabe, disse o médico que fez o aborto. Mas eu sabia que não ia suportar ficar deitada e deixar que me cortassem. Apenas pensar nisso havia me mandado de imediato para os lugares mais sombrios da minha mente; onde eu havia ficado escondida por meses. Observei de uma grande distância enquanto Adam fazia as malas para sua viagem semestral a Paris, para ficar com Lisette e seu outro filho; vi Benny lutar com todas as suas forças para estar perto de mim, para se fundir ao meu corpo, sentir meu cheiro; e eu era como um corvo, batendo as asas incessantemente na minha própria cabeça, grasnando muda por um céu vazio. E vestia preto, preto e preto.

Se olhar para M'Lissa, sei que vou me atirar sobre ela e estrangulá--la. Felizmente não consigo me mover. Olho para os meus pés. Pés que hesitam diante de qualquer superfície que não seja plana: escadas, colinas. Pés que não saltam automática ou habilmente sobre poças nem pisam graciosamente no meio-fio.

Tenho a impressão de que uma hora se passa. Acho que M'Lissa adormeceu. Olho para a cama e me assusto com o quão pequena ela parece. Ela parece ter encolhido. Olho para o rosto dela. Está alerta, vigilante. Mas não por minha causa. Ela parece ter me esquecido.

Finalmente a vejo, diz ela, atônita. Absorta.

Quem?, pergunto. Quem você finalmente vê?

Ela faz um leve movimento com a mão, me avisando para não interromper.

A criança que entrou na choupana de iniciação, diz ela. Você sabe que eu a deixei lá, sangrando no chão, e fui embora. Ela estava chorando. Sentia-se tão traída. Por todos. Eles também haviam espancado brutalmente sua mãe, e ela se culpava por isso. M'Lissa suspirou. Eu não podia mais pensar nela. Eu teria morrido. Então segui meu caminho, mancando, e a deixei deitada lá. M'Lissa fez uma pausa. Quando continua, sua voz é um sussurro, espantada. Ela ainda está chorando. Está chorando desde que eu fui embora. Não me admira que eu não tenha conseguido. Ela tem chorado todas as nossas lágrimas.

M'LISSA

Eu tenho sido forte. É o que digo aos turistas que vêm me ver, às jovens mães e às mães idosas e a todos que vêm. É o que me respondem: o presidente e os políticos e os visitantes das igrejas e das escolas. Forte e corajosa. Arrastei meu meio corpo para onde quer que um meio corpo fosse necessário. A serviço da tradição, do que nos torna um povo. A serviço do país e do que nos torna quem somos. Mas quem somos se não torturadores de crianças?

Parte XVII

TASHI

Reunidos na pequena capela branca no último andar da prisão estão Adam, Olivia, Benny, Pierre, Raye e Mbati. Raye veio para a execução, embora ela negue. Não é a sua morte que é tão fascinante, diz ela sem rodeios. Ainda é a sua vida que me preocupa. Além disso, diz ela com atrevimento, as mãos nos quadris, você ainda não está morta!

De fato, penso, não estou. Mas tampouco diria que estou totalmente viva.

Considerando a deterioração do resto da prisão, diz Mbati, é estranho que a capela ainda esteja intacta.

Isso é porque ninguém a usa, responde Adam, passando o dedo pela Bíblia fechada e empoeirada, cujas páginas com bordas douradas foram roídas por traças.

É até fresco aqui à noite; as janelas são grandes e nada, nem mesmo as venezianas, bloqueia a brisa. Não há barras, provavelmente porque é alto demais para que alguém pule.

Desde o julgamento, Olivia se ofereceu para trabalhar como voluntária de manhã no andar de baixo, o andar dos pacientes com aids. Adam, Benny e Pierre alugaram um jipe e têm explorado a região. Filmamos tudo, diz Benny, e agora queremos que você veja.

Adam liga o projetor; primeiro, há *slides*. Imagens do território do norte e seus petróglifos e pinturas desbotadas de festas e caçadas. Depois há um filme. Sei que eles estão tentando me preparar para isso porque Olivia de repente me entrega um copo de água e Adam segura minha mão.

Pierre, que disse que gostaria de ser o primeiro antropólogo a empoderar, e não a colocar em ainda mais risco, seus objetos de pesquisa, agora está em silêncio ao lado da máquina.

A princípio, acho que estão me mostrando um assentamento humano, uma aldeia. As formas são as mesmas. Choupanas com telhado em forma de guarda-chuva. Choupanas como cogumelos. Mas então há um *close* das "choupanas", e os pés e as pernas de um homem se erguendo sobre elas. Reconheço as botas de caminhada de Adam. Então, à medida que a câmera se afasta, vejo que o assentamento é imenso, mas as "choupanas" são minúsculas, com algo entre dez e vinte centímetros de altura.

Arrá, diz Adam, apertando minha mão. Enganamos você!

Achei que fosse uma aldeia, digo, virando-me para Olivia e Mbati. Vocês não?

Mbati sorri. Sim, diz Olivia, eu achei. Mas estava me perguntando sobre aquela pequena choupana baixa e irregular que estava perigosamente inclinada para a esquerda.

Mas o que é..., começo a dizer, porém perco o fôlego com as batidas desesperadas do meu coração, que faz uma tentativa repentina de sair do peito.

Está tudo bem, diz Adam. Você não está sozinha. Estamos todos aqui com você.

Você não está sozinha. Não está, não está, ouço Raye dizer. Sua voz alegre parece vir de outra era. Mulheres que não são castradas têm uma voz diferente, eu acho. Elas podem soar alegres. Uma mulher castrada, não.

Penso isso em um flash. Minha mente está em uma fuga desesperada da imagem de uma coluna alta, irregular e cor de terra na tela diante de mim, Benny, diminuto ao lado dela, sorrindo incerto para a câmera. Meu saco de argila!, penso.

Pierre limpa a garganta. Eu acredito, diz ele, depois de parar o projetor na imagem diante de nós, que os seres humanos que viviam na África (os primeiros do planeta, supõe-se), por causa do calor e da umidade, imitavam os cupins quando estavam em busca de habitações confortáveis, duradouras e fáceis de construir. É por isso que muitas casas tradicionais africanas, ainda hoje, e as casas de adobe em toda parte, se assemelham a cupinzeiros. Foram os cupins que ensinaram os primeiros humanos sobre o ar-condicionado natural, com seus longos corredores abaulados e grandes depósitos com teto abobadado. Os cupinzeiros, como as mesquitas, são sempre frescos, não importa a temperatura do lado de fora. Os cupinzeiros são feitos da própria terra, de argila, o material mais barato e abundante que existe.

O que me surpreende é que consigo ouvir Pierre e até entender o que ele está dizendo. É verdade que meu coração saltou dolorosamente uma única vez, mas agora está batendo normalmente. Olho em volta, para os rostos ao meu redor. São todos tão atentos quanto o meu.

Olho para Pierre e penso: Sim, é bom que treinemos nossos filhos para nos ajudar. Nós que tanto precisamos de ajuda. Envio um lampejo de gratidão às faculdades onde nunca pus os pés, Berkeley e Harvard. Se eu viver, penso, vou visitá-las como santuários.

Acredito, continua ele, que ao longo do tempo houve uma forte identificação com o cupim, que os africanos chamam de "formiga-branca", embora tenha pouca semelhança com uma formiga. Ao contrário da formiga, e da maioria dos outros insetos, o cupim permite que os machos tenham um lugar em sua sociedade. Há uma rainha, mas também um rei. Talvez seja por isso, também, que as pessoas sentiram afinidade em relação a eles. As formigas-brancas, como vocês sabem, são comidas pelas pessoas do campo, que as preferem fritas.

E na cidade também, se conseguissem encontrá-las, diz Olivia. Ela dirige um olhar severo para Mbati. É nojento ver como os jovens se empanturram de batatas fritas!

Adam ri. Mbati enfia o saco de batatas fritas no fundo da bolsa.

Sua simbologia religiosa passou a refletir completamente o comportamento dos cupins, continua Pierre. A gratidão deles, por terem aprendido tanto com o cupim, foi enorme.

E, claro, os cupins eram *deliciosos*, diz Raye.

Os cupins, continua Pierre, os ensinaram a fazer potes, o que levou inevitavelmente à ideia de que os primeiros seres humanos foram eles próprios feitos a partir da argila. E de que algo ou alguém assim os moldou.

Mas, diz Pierre, passando os dedos finos e castanhos pelos cachos escuros queimados pelo sol, para não ficar falando sem parar sobre isso... Esta, Madame Johnson, é sua torre escura. Você é a rainha que perde as asas. É você deitada no escuro com milhões de cupins operários — que estão ocupados, a propósito, mantendo a produção de cogumelos com os quais a alimentam — em plena atividade. Você sendo entupida de comida por um lado — uma dieta monótona de cogumelos — e tendo seus ovos, milhões deles, constantemente removidos do outro. Você é gorda, brilhante, de uma cor que, como você mesma disse, lembra tabaco mascado, inerte; apenas um tubo através do qual passam gerações de descendentes cegos, cuja cegueira talvez seja compensada pela atividade incessante, embora impensada, que nunca para, dia ou noite. É você que suporta tudo isso, apenas para morrer no final e ser devorada por aqueles que trouxe ao mundo.

Ah, diz Olivia. O cupim como imagem do Cristo!

Mas como eu sabia disso?, pergunto ao meu pequeno grupo de rostos atentos. Ninguém me disse.

Achamos que foi dito a você em código de alguma forma, diz Raye. Não lhe disseram diretamente que se esperava que você, como mulher, se reproduzisse de forma tão impotente e inerte quanto uma formiga-branca; mas, em uma cultura na qual é obrigatório que toda mulher seja sistematicamente castrada, deve haver alguma justificativa mitológica codificada para isso, usada em segredo entre os anciãos da aldeia. Caso contrário, eles não saberiam do que estavam falando. Ainda hoje existem aldeias onde não pode haver mulheres não circuncidadas. Os chefes impõem isso. Por outro lado, a circuncisão é um tabu que nunca é discutido. Como, então, os chefes vão garantir que ela seja mantida? Como se fala sobre isso?

Minha mente está vazia. Certamente ninguém nunca me disse nada, exceto... exceto que o que M'Lissa fez comigo expressava meu orgulho pelo meu povo; e que, sem isso, nenhum homem se casaria comigo.

Talvez, diz Raye, você ouvisse uma canção de ninar quando era pequena, tão inofensiva quanto "Pedro, Pedro, que comia abóboras/ Tinha uma esposa que queria ir embora/ Colocou ela dentro da casca/ E a esposa nunca mais saiu de casa."

O quê?, pergunta Benny. Confuso.

É sobre manter uma mulher grávida, diz Pierre, esticando os braços e curvando-os em forma de abóbora. Escravizada pelo próprio corpo.

Ah, diz Benny. Chocado.

Sabemos, pelo trabalho de Griaule, que entre os Dogon eram precisamente os anciãos os guardiões do conhecimento da tribo sobre a origem humana. A própria Criação começou com mutilação e estupro... Não sei se lembra da nossa pequena lição, do livro de Griaule, Madame Johnson?, pergunta Pierre, olhando para mim.

Para minha surpresa, eu me lembro. Deus queria ter relações sexuais com a mulher, digo eu. E a mulher resistiu a ele. Seu clitóris era um cupinzeiro, que se erguia e barrava seu caminho.

Exato, diz Pierre.

Ah, meu Deus, diz Raye. Eu sei que isso parece ridículo, mas o clitóris ereto de fato se assemelha a uma pequena colônia de cupins ou cupinzeiro.

Bem, diz Pierre, apontando para o cupinzeiro gigante na tela ao lado do qual Benny está parado, uma dessas parece claramente um falo.

Quando o clitóris ficou ereto, continuo, Deus achou que parecia masculino. Como era "masculino" um clitóris ficar ereto, Deus tinha uma desculpa para cortá-lo. O que ele fez. Então, disse eu, Deus fodeu o buraco que ficou. Claro que me lembro, digo a Pierre, que Griaule disse que Deus teve relações sexuais. Sou eu que estou dizendo que Deus fodeu.

E é assim que as pessoas que mutilam meninas veem a origem da vida, geme Olivia, deixando cair a cabeça entre as mãos.

A religião é uma desculpa elaborada para o que foi feito com as mulheres e com a terra pelo homem, diz Raye, amargamente.

Mas havia outras religiões, digo, pensando na pequena figura se amando alegremente.

Pierre dá de ombros. Elas foram destruídas. Sua pequena deusa sorridente foi destruída.

Eu me viro para Mbati. Seu lindo rosto está tomado pelo horror. Ninguém conhece essa história, diz ela. Tenho certeza. O que significa, diz ela, visivelmente furiosa, que ninguém sabe por que eles fazem isso. Eu certamente nunca tive ideia de por que foi feito comigo. Se meus órgãos sexuais eram impuros, por que nasci com eles? Perguntei isso à minha mãe uma vez, antes de ser circuncidada. Ela apenas disse que todo mundo sabia que a vulva de uma mulher era suja. E que precisava ser removida. Isso foi a única coisa que me disseram. Nada de cupins nem de "formiga-branca", nenhuma semelhança estrutural entre genitais e habitações de insetos foi mencionada. E quem não ia rir da ideia de que um clitóris, como um pênis, poderia ficar ereto?

Olivia pergunta se estou com fome ou se gostaria de mais água. Não tenho certeza. Ver a raiva de Mbati me partiu ao meio. Apenas uma parte de mim está cercada por família e amigos. Outra parte me vê quando eu ainda era uma criança pequena, levando uma bandeja de comida e água para os anciãos da aldeia. Eles estavam sentados junto a um baobá e contemplavam pensativamente a planície. O calor é intenso, mas não me incomoda. A terra é vermelha. Há moscas. Como sou pequena, eles não interrompem a conversa.

Número um: O que é um homem?

Todos: Hã!

Número dois: Um homem é cego.

Todos: Hã!

Número três: Ele tem olho.

Todos: Hã!

Número quatro: Mas não consegue ver.

Número um: O homem é o galo de Deus.

Número dois: Ele raspa um sulco na terra.

Número três: Ele deposita a semente.

Número quatro: Mas sua descendência...

Todos: A colheita!

Número um: Excremento!

Número dois: Não consegue identificá-la.

Número três: O galo cego de Deus produz os ovos cegos de Deus.

Número quatro: Um ovo é cego?

Número um: Sim.

Número dois: O trabalho da *tsunga* ajuda o galo a reconhecer sua descendência...

Todos: Que, afinal, pertence a Deus.

Número três: É por isso que se diz...

Número quatro: ...que a *tsunga*, mesmo sendo mulher...

Número um: ...ajuda a Deus.

Todos: Não é?

Todos: É.

Todos: A mulher é rainha.

Número um: Ela é rainha.

Número dois: Deus a deu para nós.

Número três: Somos gratos a Deus por todas as Suas dádivas.

(No entanto, não lhes ocorre agradecer à criança por trazer a comida nem pedir que agradeça à mãe por prepará-la.)

Número quatro: Já que Deus a deu a nós, devemos tratá-la bem.

Número um: Temos que alimentá-la para que ela fique gorda.

Número dois: Até o excremento dela será volumoso.

(Eles riem.)

Número três: Se dependesse dela, a Rainha voaria.

Número dois: Isso é verdade.

Número três: E o que seria de nós?

Número quatro: Mas Deus é misericordioso.

Número um: Ele cortou as asas dela.

Número dois: Ela não consegue se mover.

Número três: E até o excremento dela é doce.

(Risos)

Número quatro: Porque ela é a Rainha!

Número um: E nós somos apenas trabalhadores!

Número dois: Cegos, é verdade, mas é a vontade de Deus.

Número três: Ele não nos criou assim?

Número quatro: Verdade.

Número um: E Ele não colocou o corpo da Rainha lá para produzir nossa descendência?

Número dois: E ser nosso alimento?

Número três: Não podemos negar.

Número quatro: E quando ela ficou ereta...

Todos: Há!

Número três: Ficou ereta de fato.

Número quatro: Como um homem faria!

Número um: Ela não viu o machado de Deus.

Número dois: Não, ela era cega como nós naquela época. Ela não viu.

Número três: Deus deu o golpe que a fez Rainha!

Número quatro: Bonita o suficiente para ele foder.

Número um: Deus gostava que houvesse luta!

(Risos)

Número dois: Deus gostava que fosse apertado!

Número três: Deus gostava de se lembrar do que Ele havia feito, e de como era antes de ficar frouxo.

Número quatro: Deus é sábio. Foi por isso que Ele criou a *tsunga*.

Todos: Com sua pedra afiada e seu saco de espinhos!

Número um: Com sua agulha e linha.

Número dois: Porque ele gostava que fosse apertado!

Número três: Deus gosta de se sentir grande.

Número quatro: Que homem não gosta?

(Risos)

Número um: Vamos comer este alimento e brindar à Rainha, que é bela e cujo corpo nos foi dado para ser nosso alimento por toda a eternidade.

(Risos e pessoas comendo de forma barulhenta)

A criança pequena que eu era passa despercebida. Ela poderia ser uma mosca, ou uma formiga. Eu tampouco reparo neles em particular. Eles sempre estiveram lá embaixo do baobá, de barba grisalha, velhos. Vestindo grossas vestes escuras sob o sol. As velhas cabeças sábias cobertas e os olhos refletindo o vazio atemporal da paisagem ao redor.

Ao olhar para eles agora, da segurança da capela da prisão, da segurança da minha morte iminente, posso ver que são apenas conchas, vazias de vida. São eles que se empanturram de comida, mas não sai nada além de uma diarreia verbal opressiva. A criança, que foi criada para respeitar esses anciãos acima de todos os outros, não poderia ter reconhecido isso. Os velhos que discutiam sobre ela e todas as mulheres da aldeia não se importavam que ela os ouvisse. Eles sabiam que ela não seria capaz de compreender o que estavam dizendo. Eles estavam discutindo sobre ela, determinando sua vida, e na época ela não sabia disso, não podia saber. E, no entanto, em seu inconsciente havia permanecido o cupinzeiro, e ela mesma presa lá dentro, pesada, sem asas e inerte, a Rainha da torre escura. Do meu assento na capela, a mão de Adam ainda na minha, olho para os pés da criança enquanto ela deixa os velhos, arrotando de contentamento, sentados no chão. Distraída, ela chuta uma pedra. Há graça em sua mira e nenhuma hesitação em sua investida.

Parte XVIII

EVELYN-TASHI

Mas o que você pensou, pergunto a M'Lissa. Quando entrei no acampamento dos Mbele pedindo para ser "purificada"?

Pensei que você era uma tola, diz ela sem hesitar. A maior de todas.

Mas por quê?, pergunto.

Em primeiro lugar, porque não havia outras mulheres no acampamento. Você não tinha olhos na cabeça? Ninguém nunca lhe ensinou que a ausência de mulheres quer dizer alguma coisa? Ou você estava tão absorta em si mesma que não percebeu?

Você estava lá, digo. E me disse que as outras mulheres estavam todas em ações de libertação.

Afe!, zomba ela. Eu menti. Era o próprio campo que precisava ser libertado. Quando as mulheres chegavam, esperava-se que cozinhassem e limpassem — e fossem fodidas —, como quando estavam em casa. Quando viam como as coisas eram, elas iam embora. Até eu teria ido, diz M'Lissa, olhando para sua perna manca.

De repente, ela ri.

Eles mandaram me buscar, sabe, assim como mandaram buscar você. Também me mandaram um jumento para montar. Estavam construindo uma aldeia Olinka tradicional de onde lutar e, portanto, precisavam de uma *tsunga*.

Eles mandaram me buscar?

Para dar à *tsunga* o que fazer. Dar à nova comunidade um símbolo de seu propósito.

E foi o que me tornei, digo, atordoada.

E foi o que você se tornou, sibila M'Lissa. Deitada em sua esteira de palha, fazendo outras pequenas esteiras de palha. O mesmo trabalho que sua tataravó teria feito!

Mas você me encorajou, digo, confusa e magoada.

E os tolos precisam de encorajamento?, pergunta ela, olhando para o teto. Eles encorajam a si mesmos.

Mas Nosso Líder nos disse... Penso rápido, na tentativa de me defender. Mas M'Lissa é mais rápida.

Nosso Líder não manteve o pênis? Há evidências de que um testículo sequer tenha sido removido? O homem teve onze filhos com três esposas diferentes. Acho que isso significa que as partes íntimas do sujeito estavam intactas.

Fico horrorizada ao ouvir observações tão desrespeitosas sobre Nosso Líder. M'Lissa, digo, por trás dessa cara que você mostra para quem vem lhe fazer perguntas sobre a tradição, você é amarga.

Até a manga mais doce em minha boca é amarga para mim, diz ela. Mas as *mulheres*, zomba, as mulheres são covardes demais para olhar por trás de um rosto sorridente. Um homem sorri e diz que elas ficarão lindas chorando, e elas mandam buscar a faca.

Elas têm motivos para ter medo, digo. Você, em especial, não pode negar isso.

Seu maior medo é terem que matar os próprios filhos, diz ela com raiva. Mesmo que elas mesmas quase tenham morrido na primeira vez que um homem penetrou seu corpo, elas querem que lhes digam que foi uma dor insignificante, o mesmo que todas as mulheres sentem, que suas filhas mal perceberão e, com o tempo, acabarão esquecendo. Se lhes digo isso, é quase possível que não desprezem completamente seus filhos.

Pela dor que eles infligem.

Sim. Penetrando a filha de outra pessoa. Assim como o filho de outra mulher penetra a filha delas.

Mas os filhos não sabem nada sobre o que é feito às mulheres. Eles só sabem que se espera que sejam homens o suficiente para penetrar o corpo da mulher. Muitas vezes se machucam tentando. Ouvi isso de Adam, digo, cujo pai costumava tratar os hematomas e lacerações deles.

M'Lissa me olha friamente.

Eu me encolho sob seu olhar.

Também foi muito difícil para mim e Adam, digo. Você me costurou tão apertada que uma formiga teria dificuldade de passar.

Ah, diz M'Lissa, você não era tão apertada assim! Há mulheres andando por aí hoje que pagaram as *tsungas* para deixá-las mais apertadas do que isso! Depois de cada parto, elas fazem isso. Mais de uma vez, mais de duas vezes, mais de três vezes, elas se submetem. Cada vez mais apertadas do que antes.

Mas dói tanto, digo.

As cadelas estão acostumadas com isso, diz ela. E é verdade, você sabe, que os homens gostam que a mulher seja apertada. Que ela resista. Não pense que as mulheres nunca têm prazer também, diz M'Lissa.

Eu nunca tive, digo.

A culpa é sua, diz ela. O prazer que uma mulher alcança vem de seu próprio cérebro. O cérebro o envia para qualquer ponto que um amante possa tocar.

Então por que é a vulva de uma mulher que é destruída?, pergunto. "Purificada", como dizem, "limpa", pergunto. E não os ombros ou o pescoço? Não os seios?

Enquanto M'Lissa pondera sobre isso, eu me lembro de uma sensação reprimida.

Eu tive prazer, uma ou duas vezes, depois da minha "purificação", digo.

Teve?, pergunta ela.

Mas meu prazer me envergonhou.

Ah, diz M'Lissa, seu homem o deu a você por trás. O que há de vergonhoso nisso? É assim que os meninos fazem uns com os outros enquanto esperam que o dote da menina aumente. Conseguir um dote adequado leva muito tempo, o que se espera que eles façam?

Meu prazer me deixava com raiva, confesso. Me fazia odiar meu marido.

Era prazer, não era?

Eu sentia que tinha sido transformada em algo diferente de mim mesma.

Você foi transformada em mulher!, diz M'Lissa. É somente porque uma mulher é transformada em mulher que um homem se torna um homem. Certamente você sabe disso!

Meu marido já era homem.

É verdade, diz M'Lissa, mas talvez ele não soubesse.

PARTE XIX

OLIVIA

Na prisão, agora que a data da execução foi marcada — o recurso falhou; nenhuma palavra da América —, Tashi é tratada menos como uma assassina condenada e mais como uma convidada de honra. Dentro da prisão, ela tem liberdade. Seus dias são ocupados. Ela recebe visitas de grupos de mulheres e da imprensa estrangeira. Fotógrafos de todas as partes do mundo vêm fotografá-la.

Em meio a tudo isso, ela floresce, seu rosto alerta ora gentil e reflexivo, ora irritado e aborrecido. Todas as manhãs ela trabalha comigo no andar da aids, alimentando, dando banho ou apenas tocando os pacientes. Está tão lotado que mal há espaço para se agachar entre as esteiras. Adam e os meninos assumiram a responsabilidade de alimentar as crianças, trazendo refeições quentes da cozinha da nossa casa alugada. É um alívio para seus pais e irmãos mais velhos, os que restaram, e eles nos agradecem com olhos graves.

Ninguém sabe por que está doente. Essa é a parte mais difícil. Testemunhar sua incompreensão. Sua paciência silenciosa enquanto esperam a morte. Sua ignorância e submissão irracionais são o que deixa Tashi mais irritada, talvez porque a façam lembrar de si mesma. Ela chama isso, com desdém, de o papel atribuído ao africano: sofrer, morrer e não saber por quê.

Por que, ela quer saber, homens gays e usuários de drogas injetáveis são os que mais contraem a doença nos Estados Unidos, enquanto aqui há tantas mulheres morrendo quanto homens? Quem infecta as crianças? Por que morrem mais meninas do que meninos?

Entre os Olinka abastados, há uma negação generalizada de que haja algo de errado. Eles mantêm seus parentes moribundos em casa. São principalmente os pobres que vemos. Uma mãe esquelética entra cambaleando com seu marido esquálido de não muito mais que vinte quilos nas costas e os filhos atrás. Se houver espaço no chão — se alguém tiver morrido durante a noite —, ela e sua família ficam com esse espaço. Se ninguém tiver morrido, ela deve procurar um espaço no corredor ou no patamar da escada. As pessoas morrem rapidamente depois que chegam aqui, tendo esperado muito tempo antes de procurar ajuda. Isso acaba se tornando uma bênção para aqueles que atendem vítimas indigentes que viajaram longas distâncias em busca de remédios e cura.

A essa altura, eles sabem que não há cura. E nenhum remédio, além de comida, que é escassa. Mingau aguado duas vezes ao dia.

Entre os estudantes contaminados há uma crença em todo tipo de conspiração contra eles, tramada por estrangeiros. Ou por seu próprio governo. É amargo vê-los morrer: os futuros médicos, dentistas, carpinteiros e engenheiros de seu país. Os pais e as mães de seu país. Professores. Dançarinos, cantores, rebeldes, encrenqueiros, poetas.

Adam passa a maior parte do tempo conversando com os estudantes, os intelectuais. Diz a eles que ouviu falar que pessoas em um país vizinho foram inicialmente infectadas por cientistas que aplicaram nelas uma vacina contaminada contra a poliomielite. A vacina tinha sido produzida a partir de culturas retiradas dos rins do macaco-verde. Essa vacina, que deveria proteger contra a poliomielite, não havia sido purificada e trazia consigo o vírus da imunodeficiência que causa a aids.

Um dos jovens estudantes moribundos discorda disso. Essa não é a história que eu ouvi, diz ele. Ouvi dizer que os africanos pegaram aids não do rim do macaco-verde, mas de seus dentes! Há bufares zombeteiros e combalidos diante dessa versão moderna de uma velha história batida. Os intelectuais concluem que deve ter sido um experimento, como o realizado com homens negros no Alabama, que foram inoculados com o vírus que causa a sífilis, depois estudados enquanto adoeciam e morriam. O tipo de experimento que ninguém ousaria fazer com europeus ou americanos brancos. O fato de eles morrerem com essa crença, de que a vida de um africano é feita para experimentos e é considerada dispensável, é quase insuportável para mim.

Tashi está convencida de que as meninas que estão morrendo, e as mulheres também, foram infectadas pelas pedras afiadas, tampas de lata, lascas de vidro, navalhas enferrujadas e facas sujas não lavadas e não esterilizadas usadas pelas *tsunga*. Que podiam mutilar vinte crianças sem limpar seu instrumento. Há também o fato de quase toda relação sexual causar laceração e sangramento, sobretudo na juventude da mulher. A abertura que é deixada nunca vai aumentar por conta própria, precisa sempre ser forçada. Por causa disso, infecções e feridas abertas são comuns.

A relação anal também mata as mulheres, disse Adam com tristeza um dia, depois que uma jovem de rosto doce e olhos tristes morreu. Seu marido, devastado e também acometido pela doença, explicou a Adam que, embora estivessem casados havia três anos, não tinham filhos porque ele não conseguira dormir com ela como um homem costuma fazer com a esposa. Ela havia chorado muito, e sangrado. Ele a amara, dissera ele, mas não como um homem. Seu medo de causar-lhe dor, disse, havia lhes custado os filhos. Ele não sabia que a maneira como fizera amor com ela havia custado a ela, e a ele, a vida. Embora ela fosse apenas uma de suas quatro esposas, o número permitido pelo Islã e pelo Profeta, ainda assim era como se fosse a única esposa que tinha, disse ele, chorando. Porque só ela era capaz de fazê-lo rir. Até o nome dela, Hapi, soava, pensava ele, parecido com a palavra americana para felicidade.

OLIVIA

Mas por que você confessou?, pergunto a Tashi. Eu sei que você não fez aquilo. Você não seria capaz.

Olivia, diz ela, rindo com todos os dentes, eu morreria se ficasse mais velha. Não há mais nada nesta vida que eu precise ver. O que já vivenciei é mais do que suficiente. Além disso, diz ela sobriamente, talvez a morte seja mais fácil do que a vida, assim como a gravidez é mais fácil do que o parto.

TASHI

Tashi, diz Olivia, agarrada ao meu pescoço. Não faça isso consigo mesma. Não faça isso com seu filho. Não faça isso com Adam. Não faça isso comigo.

Olivia, respondo, ouça o que está dizendo. Com certeza você se lembra de ter dito essas palavras para mim antes.

Ela me olha sem compreender.

Quando eu estava montada no jumento, seminua, lembro. A caminho do acampamento Mbele.

Sim, ela quase grita. E veja o que *aconteceu*. Você pagou por não me ouvir durante toda a sua vida.

E pretendo continuar pagando, retruco.

Mas por quê?, pergunta ela. Perdoe-me por dizer isso, por favor. Mas parece tão estúpido.

Porque ao não obedecer a você, a forasteira, mesmo que seja errado, estou sendo o que sobrou de mim. E esse pequeno pedaço de mim é tudo o que me resta agora.

Eles vão te matar, diz ela. E você é inocente!

Bem, digo eu. Sim e não.

Não estou entendendo, diz ela, franzindo a testa.

Você está certa, Olivia, quando diz que eu não matei M'Lissa. Sou grata, digo, por sua confiança em mim. M'Lissa morreu por seu próprio poder, que, mesmo no final, era considerável; parece que ela foi ficando mais forte, ao invés de mais fraca, com a idade. O poder que ela possuía era um poder maligno, pouco familiarizado com o bem. É por não a ter matado — em nome de todo o sofrimento que ela causou — que sou culpada. Não quero que ninguém saiba, aliás.

O quê? Que você não a matou? Mas por quê?

Porque as mulheres são covardes e não precisam ser lembradas disso.

M'LISSA

A morte de sua irmã — qual era mesmo o nome dela? — foi culpa da estúpida da sua mãe, Nafa. Não estávamos certos de que o chefe nos faria voltar a praticar a circuncisão. Afinal, ele estava sempre sorrindo para os missionários brancos e dizendo a eles que era um homem moderno. Não um bárbaro, o que poderia ser, pois eles chamavam a "purificação" de barbaridade. Ele era o chefe, diziam, poderia acabar com aquilo. Ou não era o chefe? Então, é claro que ele pôs um fim àquilo, para provar a eles que era o chefe. A decisão dele não teve nada a ver conosco. As pessoas ouviram as próprias esposas dele gritando quando chegou a hora. Ele se importou? Não. A esposa de todo homem gritava quando chegava a hora.

O nome dela, digo, era Dura. Ela era pequena, magra; tinha uma cicatriz em forma de meia-lua logo acima do lábio; quando ela sorria, parecia deslizar para a bochecha.

Eu poderia mentir, diz M'Lissa, e dizer que me lembro dela. Depois de todos os anos que passei fazendo esse trabalho, rostos são a última coisa de que me lembro. Se ela fosse hermafrodita, talvez eu me lembrasse.

Não, digo. Eu acho que ela era normal.

É tudo normal, até certo ponto, comenta M'Lissa. Não foi *você* quem fez, então quem é você para julgar?

Não sou ninguém, retruco. Você se certificou disso.

Pare de sentir pena de si mesma!, diz ela. Você é como sua mãe. Se Dura não for purificada, dizia ela, ninguém vai se casar com ela. Ela não parecia se dar conta de que ninguém nunca havia se casado comigo, e que eu tinha sobrevivido mesmo assim. Isso foi antes mesmo de os missionários brancos irem embora. Ser purificada não me matou, disse ela. E meu marido sempre foi paciente comigo. Bem, M'Lissa bufa, seu pai se dividia entre seis esposas; ele podia se dar ao luxo de ser paciente.

Assim que soube que os novos missionários eram negros, ela se convenceu de que a aldeia voltaria a adotar os velhos costumes e que as meninas não circuncidadas seriam punidas. Ela não conseguia imaginar uma pessoa negra que não fosse Olinka, e achava que todos os Olinka exigiam que suas filhas fossem purificadas. Eu disse a ela para esperar. Mas não. Ela era o tipo de mulher que pula antes mesmo de o homem dizer *bu*. Sua mãe me ajudou a segurar sua irmã.

Pare, peço. Mesmo que estivesse mentindo, como agora eu sabia que ela costumava fazer, eu não suportava ouvir isso.

Mas ela continua: Não, não vou parar. Você é louca, mas não é louca o suficiente. Você não acha que sua mãe teria lhe contado como Dura morreu? Ela não contou, contou? Que ela era uma daquelas meninas, uma em cada cem, construídas de tal forma que o menor arranhão a fazia sangrar como uma vaca atolada. Ela mesma havia notado isso, quando tentava estancar o sangue dos arranhões que sua irmã conseguia quando brincava. Quando purifiquei você, eu levei isso em consideração.

E mesmo assim você não disse nada, digo, embora pudesse ter me matado da mesma maneira que matou Dura.

Você chegou tão longe e foi tão tola, diz M'Lissa. Além disso, àquela altura eu não me importava mais.

PARTE XX

ADAM

Padre, ouça minha confissão.

É em vão que digo ao jovem que não sou padre. Ele está deitado entre os outros, esperando para morrer, desde que visitamos Tashi pela primeira vez na prisão. Seu rosto está coberto de lesões arroxeadas, sua cabeça está careca, seu corpo esquálido pouco mais que ossos. O que o distinguiu desde o início, quando me agachei para falar com ele, foi sua insistência em dizer que era estudante de medicina: "Com muitos anos de universidade", disse ele, com um movimento fraco e superior da mão. Isso e o fato de que, à medida que ia ficando cada vez mais fraco, seus grandes olhos castanhos cheios de medo, ele adquiriu o hábito de se agachar e cruzar os cotovelos sobre a cabeça. Permanecia nessa posição estranha, choramingando, por horas; até cair de cansaço ou ser empurrado por alguém que passava.

Sempre me resguardei de qualquer intimidade com as vítimas. Era como se meu coração, sob o peso do meu próprio sofrimento, e depois de já ter presenciado tanta devastação humana, tivesse se tornado incapaz de sentir.

No entanto: Meu nome é Hartford, disse ele, com uma amargura parecida com a minha. E, ainda assim, por causa das associações inesperadas que seu nome evocava (um alce, uma cidade americana em Connecticut e uma companhia de seguros), eu sorri. Ele pareceu encantado, como uma criança ficaria, com essa reação, e pareceu saboreá-la, como uma criança faria com um doce. Maravilhado, ele recolheu a mão em forma de garra que havia segurado minha manga e a pousou sobre seus próprios lábios rachados e sérios.

Tudo o que ele dizia e fazia era em câmera lenta; vários minutos se passaram antes que ele falasse de novo.

Antigamente, disse ele, sussurrando, havia mais harmonia no mundo entre os homens e os animais. Eu ouvi dizer; na verdade, como poderia saber? Em tempos não tão antigos, nós éramos caçados e mortos ou roubados de nossa terra e de nossa família para trabalhar para outras pessoas do outro lado do oceano. Fomos caçados como caçamos macacos e chimpanzés.

Nesse momento, Hartford gemeu e fechou os olhos. Bolhas de suor brotaram em sua pele. Era como se, de repente, seu corpo tivesse se transformado em uma fonte. Enxuguei sua pele com a toalha esfarrapada que carregava comigo e, quando o suadouro parou, coloquei minha mão em seu joelho inchado, que se projetava sob a pele de sua perna como um coco preto.

Padre, disse ele, eu não sou estudante de medicina. Isso foi uma mentira que contei para salvar minha autoestima.

Dei-lhe um tapinha no joelho, um pouco assustado com a intensidade de seu remorso; como tinha sido difícil para ele vomitar essas poucas palavras envergonhadas. Fora isso, eu honestamente não me importava.

Ser estudante de medicina, me formar médico, era apenas um sonho que eu tinha, suspirou ele. Quando a empresa farmacêutica ofereceu "posições" para nós, meninos locais, em sua fábrica, pensei que meu sonho estivesse prestes a se tornar realidade.

Não sabíamos nada sobre aqueles homens. Eles eram estranhos. Estavam sempre vestidos de branco, de forma que se pareciam com os médicos que víamos nos filmes e na televisão. Eles não nos viam quando olhavam, nós sabíamos disso. Sentíamos que não existíamos para eles, assim como eles não existiam para nós. Também podíamos sentir como éramos estranhos aos olhos deles. Sempre havíamos caçado macacos e chimpanzés, eles nos lembraram. O que estavam pedindo não era nenhuma novidade. Só que agora haveria dinheiro e, claro, muitas vezes haveria carne. Tanto para comer como para vender.

Foi assim que começou.

No início, eu ficava na floresta tropical, caçando com os outros meninos. Nós adorávamos nossas armas. Capturamos e arrastamos de volta para a fábrica mais macacos e chimpanzés do que eu imaginava que existissem. Aprendi a identificar, e às vezes imitar, o comportamento desses animais. Gestos de macaco. A mãe sempre colocava o bebê atrás do corpo, o braço do pequeno ficava em torno dela, chegando ao seio; o pai sempre atacava, depois gritava um aviso para os outros enquanto fugia. Quando capturávamos sua companheira e o filhote, ele muitas vezes nos seguia tão de perto e com tanto desprezo por sua própria segurança que era fácil atirar nele. E fazíamos isso muitas vezes, rindo.

Ele não era necessário, de qualquer maneira. Quem nos disse isso foi a empresa farmacêutica, mas logo vimos por nós mesmos. Eles queriam apenas as fêmeas e os filhotes. Em pouco tempo, não eram necessários novos macacos ou chimpanzés porque a fábrica estava finalmente em sua capacidade máxima. Os meninos locais e eu a tínhamos enchido. Com a ajuda de apenas alguns machos, as fêmeas foram forçadas a procriar. Isso acontecia em gaiolas nas quais mal havia espaço suficiente para o acasalamento.

Hartford engoliu em seco. Eu levei um copo de água com açúcar a seus lábios. De repente, seus olhos rolaram para trás e sua cabeça caiu para o lado. Quando peguei seu braço, seu pulso estava fraco como os batimentos cardíacos de um feto.

Por fim, ele abriu os olhos.

Eles estavam sendo criados por causa dos rins, disse ele lentamente, em um tom neutro. Agora que não havia mais necessidade de caçá-los, fui encarregado da tarefa de decapitá-los.

Ele fez uma pausa, os olhos tumultuosos, fortes e grandes o suficiente para me engolir.

O grito dos macacos, disse ele, pensativo, estudando meu rosto como se tivesse identificado uma mudança quase imperceptível em mim, é muito diferente do grito do pavão, que, como você sabe, é muito semelhante ao do humano. Mas de alguma forma, por causa do rosto dos chimpanzés e dos macacos, seus gritos soam ainda mais humanos. Tudo que eles pensam, tudo que eles temem, tudo que eles sentem fica tão claro quanto se você os conhecesse a vida toda. Como se eles dormissem na mesma cama que você!

Não pense mais nisso, disse eu, gentilmente, e ainda com certo distanciamento. Nem mesmo aquele horror havia conseguido penetrar o nível de dormência no qual eu vivia. Afinal, pensei, como ele poderia ter previsto a maldade da civilização, tendo sido doutrinado desde o nascimento a acreditar nela como o único futuro.

A fábrica era enorme, disse ele. Enorme. Pois estavam fabricando vacina para vender para o mundo inteiro. Descobri isso quando li parte da literatura em inglês que eles recebiam. A maior parte era escrita em outro idioma. Talvez alemão ou holandês. Por outro lado, muitas vezes havia americanos por perto. Australianos e neozelandeses. Sujeitos calorosos, sempre entusiasmados; como se estivessem no caminho de uma cura para toda a humanidade.

Um acesso de tosse sacudiu o corpo emaciado de Hartford. Respingos de sangue e muco cobriram o pano que eu segurava sobre sua boca.

Eu tinha sorrido alegremente no primeiro ano em que trabalhei para eles, disse ele, enquanto se recostava, exausto, após o acesso de tosse. Recebíamos um bom dinheiro e, é claro, comíamos ou vendíamos aqueles animais que — em geral por preocupação com sua família — acabavam virando carne. Mas logo eu não conseguia mais sorrir. Havia cabeças de macaco e torsos de chimpanzé até os meus joelhos...

Meninos pequenos com facas pequenas foram treinados para fazer a incisão... e retirar os rins. Era nesses rins que os homens de jaleco branco cultivavam suas preciosas "culturas".

A vacina saía da fábrica na extremidade oposta ao local onde os macacos e chimpanzés eram criados e abatidos. Saía em pequenos frascos transparentes com rótulos brancos ofuscantes e reluzentes lacres metálicos.

Quando a voz de Hartford se tornou quase inaudível, um sussurro rouco, um vislumbre indesejado do que ele estava descrevendo penetrou minha mente. Fechei os olhos com força para afastar a imagem. Era tarde demais. Senti como se todo um outro mundo de sofrimento e tragédias tivesse acabado de ser despejado sobre a minha alma. Gemi de dor, quase exatamente como ele havia feito. O som da minha própria tristeza me chocou. Mas, estranhamente, minha tristeza fez Hartford parecer, por fim, *liberto*.

Padre, obrigado por ouvir minha confissão, disse ele, saboreando minha expressão atormentada com a mesma admiração com que desfrutara do meu sorriso. Como se tivesse esperado até ter certeza de que havia transmitido todo o horror de sua existência a alguém que ainda podia sentir, a respiração de Hartford se tornou o chiado superficial e ruidoso que todos no andar de aids conheciam tão bem.

Havia coisas a fazer. Na manhã seguinte, eu perderia minha esposa e amiga para sempre. Onde estavam meus filhos?, me perguntei. E minha irmã, Olivia, por falar nisso; a quem, percebi de repente, sempre havia recorrido para ser meu lado sentimental; foi ela quem primeiro notou o choro que lançaria uma sombra sobre a vida da minha esposa. Talvez estivessem com Tashi. Eu não podia sair para procurá-los. Fiquei sentado onde estava até que, uma hora depois de o estertor começar, Hartford — cujo nome africano talvez tivesse se perdido para sempre —, estudante de medicina e assassino de macacos e chimpanzés, morreu.

Embora não seja padre, sou um homem de Deus, mesmo agora. Não poderia suportar uma vida sem fé. Mas isto eu sei: para os seres humanos, não há inferno maior a temer do que o inferno na terra.

TASHI-EVELYN-SRA. JOHNSON

Confessei porque me cansei do julgamento. Estava farta de ficar sentada ao lado do meu advogado. Ele sempre tão elegante; tão impecavelmente vestido. Cheirando a Aramis. Apaixonado pelo som que saía de sua própria boca. O advogado da Promotoria também me irritava.

Tenho idade para ser sua avó, pensei, enquanto o observava andar de um lado para o outro e se pavonear; e você fica aí argumentando pela minha morte. Na verdade, isso me fez ter pena dele, e vê-lo como um tolo.

Eu disse ao meu advogado, em um momento em que ele não estava sentado usando um dedo anelado para torcer um de seus cachos oleosos: Deixe-me sentar no banco das testemunhas. Embora ele fosse contra, foi isso o que eu fiz. Assim que me sentei, antes mesmo que a Bíblia fosse trazida, disse alto e bom som, para que não houvesse dúvida: Sou culpada.

Como cometeu o crime, Sra. Johnson?, perguntou o juiz sentado mais próximo de mim.

Isso, disse eu, não é da sua conta.

Mas você acha que minha confissão pôs fim ao julgamento?

Não, não. Eles ainda passaram dias falando sobre encontrar minhas navalhas nas cinzas da casa de M'Lissa, e especulando sobre as maneiras sangrentas que eu teria escolhido para mutilá-la e me livrar do corpo. A imaginação deles, descobri, era ainda mais doentia do que a minha.

Parte XXI

TASHI-EVELYN

É com Mbati que aprendo que uma pessoa africana não chama sua casa de *hut* ("choupana"), como fazemos em inglês.

"*Hut*", diz ela, significa "pequena casa de campo" em holandês, e africanos não são holandeses.

Eu sou a mãe dessa menina. Caso contrário, ela não teria aparecido de maneira tão vívida, uma flor radiante de infinito frescor, em minha vida.

À noite, ela lê em voz alta passagens de livros para refletirmos ou apreciarmos. Esta noite, ela está lendo o livro de uma autora colonialista branca que viveu toda a sua vida do trabalho dos africanos, mas não conseguia pensar neles como seres humanos. "Os negros são naturais", escreve ela, "possuem o segredo da alegria, o que explica como conseguem suportar o sofrimento e as humilhações que lhes são infligidos".

Mbati me encara. Eu retribuo seu olhar.

Mas o que *é* isso?, pergunto. Esse segredo da alegria sobre o qual ela escreve. Você é negra, eu também. É de nós que ela está falando. Mas não sabemos. Ou, digo enquanto admiro sua beleza, talvez você saiba.

Mbati ri. Bem, diz ela, nós somos *mulheres*. Temos que descobrir! Sobretudo porque ela também afirma compreender o código de "nascimento, cópula e morte" que rege nossa existência!

Ah, digo. Esses canibais coloniais. Por que eles não podem simplesmente roubar nossas terras, desenterrar nosso ouro, derrubar nossas florestas, poluir nossos rios, nos escravizar para trabalhar em suas fazendas, nos foder, devorar nossa carne e nos deixar em paz? Por que também precisam escrever sobre quanta alegria possuímos?

Mbati nunca perguntou se eu matei M'Lissa. Ela não parece se importar.

Sou miseravelmente imperfeita, digo quando ela está indo embora, depois de ter prometido não me deixar morrer antes de ter descoberto e me apresentado o *definitivo* segredo da alegria.

Sim, Mãe, diz ela simplesmente enquanto me abraça. Eu sei que você é imperfeita. Nunca escondeu isso. Esse é o seu maior presente para mim.

Isso me lembra, digo, que tenho um presente para você.

Ah, é?, diz ela.

Guardei a estatueta sagrada de Nyanda — dei-lhe um nome, escolhendo uma palavra que me veio à mente enquanto a segurava — cuidadosamente embrulhada em meu lenço mais bonito. Aquele de um azul profundo salpicado de estrelas douradas, como o corpo de Nut, deusa da África, e o céu noturno. Tiro-a do bolso, onde a mantenho desde que soube que seria executada, e a coloco nas mãos de Mbati.

Isso é para minha neta, digo.

Sua bonequinha!, diz ela, comovida. Sabe, continua enquanto desembrulha a boneca, ela se parece com você.

Não, digo, eu nunca poderia ter esse olhar de confiança. De orgulho. De paz de espírito. Nenhuma de nós pode, porque o autodomínio sempre será algo inatingível para nós. Mas talvez sua filha...

Nunca pensei em ter filhos, diz ela. O mundo é traiçoeiro demais. Essa pequena figura, diz ela, beijando seu rosto sorridente, contra tudo isso. Ela acena com a mão para a feiura da prisão, o barulho, o fedor da enfermaria de aids abaixo de nós; a consciência de que serei fuzilada em questão de horas.

Está dizendo que devemos nos deixar morrer? E a esperança de plenitude conosco?

Ah, não sei o que estou dizendo, Mãe! Já fiquei muito tempo. Você deveria descansar. Boa noite.

Em breve irei para a cama para sempre, respondo, dando de ombros. Mas você está certa; eu deveria descansar um pouco. Quero estar alerta amanhã, para não perder nada. *Aché Mbele*, digo.

Aché Mbele?, repete ela.

Sim, digo. *Aché* é iorubá e significa "o poder de fazer as coisas acontecerem". *Energia*. *Mbele* significa "avançar!" em suáíli.

Ah, diz ela, invertendo as palavras e se curvando para mim: *Mbele Aché*.

Ela cortou meu cabelo de modo que, embora branco, ele esteja curto e macio, como o dela. Quando nos abraçamos, são os cabelos uma da outra que nossos dedos procuram.

TASHI-EVELYN-SRA. JOHNSON

Querida Lisette,

Amanhã de manhã enfrentarei o pelotão de fuzilamento por ter matado alguém que, muitos anos atrás, me matou. Mas isso não é mais estranho, talvez, do que eu estar escrevendo esta carta para você uma década depois de sua última tentativa de se comunicar comigo, e muito depois de sua própria morte. É o fato de você estar na terra dos mortos que torna a amizade com você tão atraente. O povo de Bali, seu tio Mzee nos disse, acredita que o paraíso é exatamente como Bali. Eles gostam de Bali e, portanto, não têm medo de morrer. Mas se o paraíso for como Olinka, ou mesmo como a América, há muito com que se preocupar. Escrevo para você porque vou precisar de uma amiga no paraíso, alguém que realmente tenha pensado em mim.

Eu costumava achar que minha mãe pensava em mim. Mas me identificava tão completamente com o sofrimento dela que era eu quem sempre pensava nesse sofrimento, na verdade era atormentada por ele; e como acreditava que ela e eu éramos um, fazia a parte dela que era eu pensar em mim. Na verdade, minha mãe não tinha como, não lhe restava o suficiente de si mesma para pensar em mim. Nem em minha irmã Dura, que sangrou até a morte depois de uma circuncisão malfeita, nem em nenhum de seus outros filhos. Ela havia se reduzido a seu papel de "Aquela que Prepara os Cordeiros para o Abate".

É cruel dizer isso? Eu sinto que é cruel; mas é apenas a crueldade da verdade, de dizê-la, de gritá-la, que vai nos salvar agora. Se não o fizermos, talvez a África fique despovoada de negros no tempo de nossos netos, e o sofrimento mundial que aflige nossos filhos continue sendo nossa maldição.

Em toda a minha vida, foram Adam e sua irmã, Olivia, que eu acreditava pensarem mais em mim. Ele se casou comigo; ela é minha melhor amiga. Mas você sabe por que minha alma se afastou do alcance de Adam? Foi porque eu o ajudei a iniciar seu ministério progressista — mais progressista do que o de seu pai e os da maioria dos pregadores negros, pelo menos — em São Francisco, e eu me sentei em nossa igreja todos os domingos por cinco anos ouvindo Adam pregar a palavra do Amor Fraterno, que tem origem no amor de Deus por seu filho, Jesus Cristo. Eu ficava incomodada toda vez que ele falava do sofrimento de Jesus. Por muito tempo, não entendi muito bem esse incômodo. Eu amo muito Jesus, sempre amei. Ainda assim, comecei a enxergar como o foco constante apenas no sofrimento de Jesus exclui o sofrimento dos outros do nosso campo de visão. E em meu sexto ano como membro da congregação de Adam, ficou claro para mim que eu queria que meu próprio sofrimento, o sofrimento das mulheres e meninas, que ainda se encolhiam sob o poder avassalador e as armas dos torturadores, fosse tema de um sermão. A mulher não era a árvore da vida? E ela não era crucificada? Não em uma época da qual as pessoas mal se lembram, mas agora mesmo, diariamente, em muitos lugares do planeta?

Um sermão, implorei a ele. Uma discussão com sua congregação sobre o que foi feito comigo.

Ele disse que a congregação ficaria constrangida de discutir algo tão íntimo e que ele, de qualquer forma, teria vergonha de fazê-lo.

Eu havia aprendido a considerar Waverly um refúgio àquela altura. Um lugar onde havia um banco no gramado, uma parte à sombra, mas a maior parte sob o sol, só para mim. Eu gostava das minhas manhãs de domingo lá. Sedada. Calma. A grama era tão verde ao meu redor, o sol tão quente. O lago brilhava ao longe. Com um saco de migalhas da cozinha, eu alimentava os patos.

Eles circuncidavam mulheres, meninas, no tempo de Jesus. Será que ele sabia? Será que isso o enfurecia ou o constrangia? Será que a igreja primitiva apagou todos os registros disso? O próprio Jesus foi circuncidado; talvez ele achasse que apenas o corte feito nele era feito nas mulheres e, portanto, como ele havia sobrevivido, estava tudo bem.

Então, há Olivia. Ela sempre me teve em tão alta conta. Não consigo decepcioná-la. Eu disse a ela que não matei a *tsunga* M'Lissa. Mas eu a matei. Coloquei um travesseiro sobre seu rosto e fiquei deitada sobre ele por uma hora. Suas histórias tristes sobre sua vida me fizeram perder a vontade de cortá-la. Ela me disse que era tradição que uma *tsunga* muito valorizada fosse assassinada por alguém que ela havia circuncidado e em seguida queimada. Fiz o que se esperava de mim. É curioso, não acha, que a sociedade tribal tradicional lidasse de forma tão hábil com sua apreciação da *tsunga* e seu ódio por ela. Mas é claro que, para os anciãos tradicionais, a *tsunga* era apenas uma bruxa sob seu controle, uma extensão de seu próprio poder dominante.

Pierre foi um presente para mim. Você ficaria orgulhosa dele. Ele prometeu continuar a cuidar de Benny quando eu me for. E já ensinou a ele mais do que qualquer um de seus professores jamais pensou que ele poderia aprender. Eu gostaria que você pudesse ver Pierre — e talvez você possa, através de uma das janelas do paraíso que se assemelha a uma folha de grama, ou uma rosa, ou um grão de trigo — enquanto ele continua a desembaraçar os fios do mistério que me mantiveram amarrada. *Chère* Madame, diz ele, sabia que o maior xingamento em algumas nações africanas não é "filho da puta", mas "filho de mãe não circuncidada"?

Não, não sabia, digo.

Bem, diz ele, é uma pista importante! Quem, por exemplo, eram essas primeiras mulheres não circuncidadas? Há evidências de que eles eram escravas. Escravas de outros africanos nativos e escravas de árabes invasores que vieram do leste e do norte. Originalmente mulheres do mato ou mulheres da floresta tropical africana. Sabemos que essas pessoas, pequenas, gentis, em perfeita harmonia com o meio ambiente, gostavam, se me perdoa a franqueza, de genitais alongados. Ou, em outras palavras, gostavam de seus genitais. Tanto que era possível vê-las acariciando-os e "puxando-os" desde o nascimento. Quando chegavam à puberdade, bem, elas ganhavam o que viria a ser conhecido, pelo menos entre os antropólogos europeus, como "o avental hotentote".

Escravizadas entre pessoas que nunca tocavam seus genitais se pudessem evitar, porque tinham aprendido que se tocar era pecado, essas mulheres, com seus lábios generosos e clitóris grandes, eram consideradas monstruosas. Mas o que é menos notado sobre essas pessoas, essas mulheres, é que, em suas próprias sociedades antigas, elas eram donas de seu corpo, incluindo sua vulva, e a tocavam tanto quanto quisessem. Em suma, *Chère* Madame Johnson, a primeira mulher africana, a mãe de todas as mulheres, era incrivelmente livre!

Esse, Lisette, é seu filho. Eu ainda o acho absurdamente pequeno para um homem, mas sua mente é grande. No dia da minha execução, disse ele, vai se comprometer novamente com o trabalho de sua vida: destruir para outras mulheres — e seus homens — os terrores da torre escura. Uma torre sobre a qual você lhe falou.

Você e eu vamos nos encontrar no paraíso. Eu sei disso. Porque, por intermédio do seu filho, para quem meus sofrimentos se tornaram um mistério no qual ele mergulhou, já nos encontramos na terra.

Agora me ocorre me perguntar como você morreu. Se eu tivesse realmente entendido que você ia morrer e deixar de me escrever e de existir, teria sido mais receptiva a você antes de morrer. Mas eu não conseguia compreender a morte a não ser como algo que já havia acontecido comigo. Morrer agora não me assusta. A execução vai acontecer em um local onde este governo já executou muitos outros, o campo de futebol. Recusarei a venda para poder ver bem longe em todas as direções. Quero me concentrar na beleza de uma colina azul ao longe e, para mim, esse momento será a eternidade.

Abençoada seja.

Tashi Evelyn Johnson

Renascida, em breve Falecida

ALMA DE TASHI EVELYN JOHNSON

As mulheres ao longo do caminho foram avisadas de que não deveriam cantar. Homens de mandíbula cerrada empunhando metralhadoras estão de frente para elas. Mas mulheres são mulheres. Cada uma de pé ao longo do caminho segura um bebê enfaixado em tecido vermelho nos braços, e, quando passo, o pano cai. As mulheres então colocam os bebês nos ombros ou na cabeça, onde eles chutam com as perninhas nuas, sorriem de prazer, guincham de medo e ocasionalmente acenam. É um protesto e uma celebração que os homens que as ameaçam nem mesmo reconhecem.

No momento crucial, percebo que, como minhas mãos estão amarradas, não consigo endireitar meus óculos e, portanto, preciso inclinar a cabeça em um ângulo estranho para localizar e focalizar uma colina azul. É enquanto estou distraída com essa manobra que noto que há uma colina azul erguendo-se acima e logo atrás das mulheres e suas filhinhas de nádegas nuas, que agora estão alinhadas em fileiras quinze metros à minha frente. Na frente delas, ajoelha-se meu pequeno grupo de rostos atentos. Mbati desenrola um estandarte, apressada, antes que os soldados possam detê-la (a maioria deles é analfabeta e, portanto, demoram para reagir). Todos eles — Adam, Olivia, Benny, Pierre, Raye, Mbati — o seguram com firmeza e o esticam bem.

RESISTÊNCIA É O SEGREDO DA ALEGRIA!, diz em grandes letras de forma.

Há um estrondo, como se a Terra estivesse se abrindo e eu voasse para dentro. Não sou mais. E estou satisfeita.

AO LEITOR

Estima-se que entre noventa e cem milhões de mulheres e meninas que vivem em países da África, do Extremo Oriente e do Oriente Médio tenham sido submetidas à mutilação genital. Artigos recentes publicados em jornais e revistas relatam a prática crescente da "circuncisão feminina" nos Estados Unidos e na Europa, entre imigrantes de países onde ela faz parte da cultura.

Dois excelentes livros sobre o tema da mutilação genital são: *Woman Why Do You Weep?*, de Asma el Dareer (Londres: Zed Press, 1982), e *Prisoners of Ritual: An Odyssey into Female Genital Circumcision in Africa*, de Hanny Lightfoot-Klein (Binghamton, NY: Harrington Park Press, 1989). Para uma visão de como a mutilação genital era praticada nos Estados Unidos do século xix, há o livro de G. J. Barker-Benfield, *The Horrors of the Half Known Life: Male Attitudes Toward Women and Sexuality in Nineteenth Century America* (Nova York: Harper & Row, 1976).

Embora obviamente haja uma conexão, *O segredo da alegria* não é uma continuação de *A cor púrpura* ou *O templo de meus familiares*. Como não é, usei a prerrogativa de narradora para reformular ou alterar ligeiramente acontecimentos mencionados ou descritos nos livros anteriores, a fim de enfatizar e esclarecer os significados da presente narrativa.

Como *O templo dos meus familiares*, trata-se de um retorno ao mundo original de *A cor púrpura* apenas para retomar aqueles personagens e acontecimentos que não saíram da minha mente. Ou do meu espírito. Tashi, que aparece brevemente em *A cor púrpura* e em *O templo dos meus familiares*, permaneceu comigo, invulgarmente tenaz, durante a escrita de ambos os livros, e acabou me levando a concluir que ela precisava e merecia um livro próprio.

Ela também apareceu para mim em carne e osso.

Durante as filmagens de *A cor púrpura*, foi feito um esforço louvável para contratar africanos para interpretar os papéis africanos. A jovem que interpretou Tashi, e que aparece apenas em um vislumbre na tela, era uma africana do Quênia: muito bonita, graciosa e séria. Vê-la me fez visualizar vividamente a Tashi do meu livro, pois me lembrei de que no Quênia, enquanto aquela jovem era levada de avião para Los Angeles para atuar no filme, garotinhas eram mutiladas com cacos de vidro sujos, tampas de lata, navalhas enferrujadas e facas cegas de circuncidadoras tradicionais, a quem dei o nome de *tsungas*. Em 1982, ano em que *A cor púrpura* foi publicado, catorze crianças morreram no Quênia como resultado da mutilação genital. Foi só então que o presidente do país proibiu essa prática. A mutilação ainda é realizada clandestinamente por lá, e é praticada, abertamente, em muitos outros países africanos.

Tsunga, como muitas das minhas palavras "africanas", é inventada. Pode ser que ela, e as outras palavras que uso, sejam de uma língua africana que eu conheci um dia, e que agora estão emergindo do meu inconsciente. Não sei de que parte da África vieram meus ancestrais africanos, então reivindico para mim todo o continente. Suponho que tenha criado Olinka como minha aldeia e os Olinka como um dos povos tribais que são meus ancestrais distantes. Certamente reconheço Tashi como minha irmã.

Uma parte dos royalties deste livro será usada para educar mulheres e meninas, homens e meninos, sobre as terríveis consequências da mutilação genital, não apenas para a saúde e a felicidade dos indivíduos, mas para toda a sociedade em que é praticada, e para o mundo. *Mbele Aché.*

Alice Walker
Costa Careyes, México
Condado de Mendocino, Califórnia
janeiro-dezembro de 1991

AGRADECIMENTOS

Apesar da dor que se sente ao enfrentar honestamente a realidade da vida, considero este um momento maravilhoso para se estar vivo. Isso porque em nenhum outro momento conhecido pelos seres humanos foi mais fácil dar e receber energia, apoio e amor de pessoas que nunca conhecemos, de experiências que nunca tivemos.

Agradeço a todos os escritores — Esther Ogunmodede, Nawal El Sadawi, Fran Hosken, Lila Said, Robin Morgan, Awa Thiam, Gloria Steinem, Fatima Abdul Mahmoud e muitos outros ao redor do mundo — que escreveram sobre o tema da mutilação genital.

Agradeço a Monica Sjoo e Barbara Mor, pela inspiração e confirmação que recebo de seu magnífico livro *The Great Cosmic Mother: Rediscovering the Religion of the Earth*. Agradeço também a Monica Sjoo pela beleza e ressonância psíquica de suas pinturas visionárias.

Agradeço a Carl Jung por ter (por meio da leitura) se tornado tão real em minha autoterapia que pude imaginá-lo vivo e ativo no tratamento de Tashi. Este é meu presente para ele.

Agradeço à minha terapeuta, Jane R.C., por me ajudar a desfazer alguns dos meus próprios nós e, assim, tornar-me mais capaz de distinguir e lidar com os de Tashi.

Agradeço à cultura Huichol, pelas incríveis pinturas com fios que admirei nos últimos anos: pinturas que me fizeram voar sobre o abismo de tanta coisa estática e morta na civilização predominante.

Agradeço à psicóloga Alice Miller, por escrever de maneira tão contundente em defesa da criança. Sou especialmente grata por *O drama da criança bem-dotada: como os pais podem formar (e deformar) a vida emocional dos filhos.*

Agradeço a Louis Pascal, por seu ensaio inédito "How aids Began", que me apresentou a possibilidade de que a aids tenha surgido da disseminação, entre os africanos, da vacina contaminada contra a poliomielite.

Agradeço aos produtores do vídeo *Born in Africa*, por terem me apresentado à bela vida e à corajosa morte de Philly LuTaaya, músico ugandês que dedicou sua morte em decorrência da aids a alertar, educar, esclarecer, inspirar e amar seu povo. Esse vídeo me convenceu de que a compaixão humana é equivalente à crueldade humana e que cabe a cada um de nós decidir para que lado vai pender a balança.

Agradeço a Joan Miura e Mary Walsh, por representarem a Deusa em minha casa: por fazerem pesquisas, consertarem vazamentos, manterem a geladeira cheia e silenciarem o barulho. Por segurarem minha mão enquanto eu segurava a de Tashi.

Agradeço a Robert Allen, por sua amizade.

Agradeço a Jean Weisinger, por sua Existência.

Agradeço à minha filha Rebecca, por me dar a oportunidade de ser mãe.

A primeira edição deste livro foi impressa nas oficinas da
DISTRIBUIDORA RECORD DE SERVIÇOS DE IMPRENSA S.A.
Rua Argentina, 171, Rio de Janeiro, RJ, para a
EDITORA JOSÉ OLYMPIO LTDA., em agosto de 2022.

*

90º aniversário desta Casa de livros, fundada em 29.11.1931.